FLAMENCO KILLER

L.A. MUERTE

JMS Guitián

KOLIMA
BOOKS

Categoría: Novelas | Colección: Thriller

Título original: *Flamenco Killer. L.A. Muerte*

Primera edición: Julio 2020
© 2020 Editorial Kolima, Madrid
www.editorialkolima.com

Autor: JMS Guitián
Dirección editorial: Marta Prieto Asirón
Maquetación de cubierta: Sergio Santos
Maquetación: Lucía Alfonsín Otero

ISBN: 978-84-18263-31-6
Depósito legal: M-15553-2020
Impreso en España

A México, el contraste hecho arte.

A mis compadres de «La Catrina»: Armando, Alejandro, Alessandro, Carlo, Javier, Jesús, Juan, Juan Carlos, James, Manuel, Ricardo y Rodrigo. Platicar, tomar y reírnos hasta convertirnos en los niños que fuimos. Va por ustedes...

A la tercera es la vencida (en el siglo XVI, en la práctica procesal se establecía la pena de muerte a la tercera reincidencia en el robo).

Gracias Pía Dollero e Isabel Fernández de la Cigoña por vuestra ayuda.

ÍNDICE

FLAMENCO KILLER
L.A. MUERTE

Flamenco Killer L.A. Muerte es el tercero de una serie de libros de humor que tienen como protagonistas a Lola Ramos, viuda, madre, asesina norteamericana que mata a ritmo de flamenco, y a su padre, Macareno, un guitarrista gaditano muy *apegao* a su tierra pero afincado en Los Ángeles, California. La sicaria feminista nos narra en este libro sus alocadas aventuras, sus pensamientos y sus asesinatos, esta vez en México. ¡Ya nos cayó el *chahuistle*!

Títulos de la serie y fechas de lanzamiento:

1. *Flamenco Killer*
2. *FK, Lola returns*
3. *FK, L.A. Muerte*
4. *FK, Spain is different.* Otoño 2020
5. *FK, Hollyblood.* Primavera 2021
6. *FK, Back to Cádiz.* Otoño 2021
7. *FK, Beverly Hells.* Primavera 2022
8. *FK, Hastaquihemosllegao.* Otoño 2022

I. MACHO

No quiero brindar contigo,
no quiero brindar por esto.
Quiero levantar mi voz,
contra el macho que detesto.
Grandmothers, mothers and sisters,
that one day they fell in love
from which he now abuses them.
No quiero olvidar sus nombres,
no quiero verlas sufrir.
I want to remember them crying,
when they died to live.

Hoy se ha apuntado el primer hombre a mis clases de baile flamenco en Manhattan Beach. Después de cuatro años con la escuela, hoy ha entrado uno y se ha inscrito en la clase de los miércoles. El mundo cambia poco a poco, pero cambia. Arnie, se llama; realmente su nombre es Arnold Moore, pero todo el mundo le llama Arnie, me ha dicho. Que conste que el flamenco cuando se baila no tiene género; quizá cuando lo teje un hombre no sea tan adornado, sino más contenido en el movimiento de las manos para que no parezca amanerado. Me gusta Arnie; a él le da igual exagerar el acaracolado con sus muñecas y desde su primera clase baila siguiendo el compás sin alterarse, recreándose, buscándose el alma sin complejos. Tiene el pelo canoso; es un policía retirado, abuelo, que descubre en sus primeros pasos acompasados la memoria de su vida. Es de Idaho pero vive en California desde hace treinta años. No hay que haber nacido en Andalucía para que ames este arte y hay que ser muy hombre para bailarlo.

Macho, así se le denomina al hombre que se identifica con actitudes consideradas masculinas, viriles, casi todas relacionadas con el uso de la fuerza para imponer su criterio, la ley de la violencia. «Macho» es también un estribillo, una copla breve, que remata el final de algunos cantes flamencos. Estos cierres suelen tener una forma musical distinta y otra métrica que se apoya en ella. Es el caso de la *caña*, un palo donde este cierre se acelera y cambia a un tono mayor. Ojalá los únicos significados de macho fueran este y el que distingue el género de los animales.

Ahí estaba el hombre alzando los brazos al ritmo de la *soleá*, con movimiento de cadera y pequeños zapateados, un ejercicio bárbaro. Arnie se situó a la izquierda de Carmen, productora de cine, española asentada en Beverly Hills y propietaria de dos chihuahuas, «mis niños» los llama, Anakin y Darveider, que tienen los bichos mejor ropero que yo. ¡Ay cómo van los dos canijos! Que se asoman curiosos, sentados, tranquilos en su cochecito, observando mientras Carmen baila. Y a la derecha de Arnie estaba Doris McKey, siempre con el abanico a cuestas, que se lo clava en el escote como un puñal atenazado por el sujetador y los senos, preparado para desenfundar ante el ataque de un golpe de calor. Que yo al verla me acuerdo de que mañana tengo que ir al ginecólogo y me toca mamografía. Sigo con lo de la clase que si no me lío.

—*Good job, Arnie. That hand movement is very good... to the beat... and one, two, three... Come on, Carmen, vamos, don't miss the compass and stop looking at your babies; focus, lady... Doris, raise your head like a goddess, like that.*

A Doris se lo digo siempre: las mujeres tenemos que ir con la cabeza muy alta, orgullosas, que siempre hay alguien dispuesto a que la bajemos, a hacerte ver que estás por debajo. Ella lo sabe bien.

Me contrató hace un par de años para acabar con Ramiro Stavros, heredero de la conservera Stavros. Me pagó para matar al susodicho; la verdad es que la comida enlatada que hacen merecía una ejecución. En palabras de mi padre, Macareno Ramos: «No has visto tanto colesterol junto ni en el concurso anual de churros de Pasadena. *Quilla*, aquello estaba *empetao* de colesterol, que esas latas te engordaban *na* más mirarlas en el estante del ultramarinos sin necesidad de abrirlas y comérselas». Ramiro había salido libre de cargos después de ser acusado de violación.

La historia es esta: Doris McKey y Ramiro Stavros habían coincidido en una fiesta en casa de unos amigos comunes en Santa Mónica. Con dos copas de más, ambos se habían perdido en el jardín hasta que Ramiro decidió que era el momento de hacerlo. Ella se había negado; los besos y el toqueteo le habían parecido suficiente. Él había impuesto su ley de macho al que no se le puede dejar así, inflamado, y comenzó con insultos y sujeciones dolorosas cuando la joven quiso irse. Música a todo volumen. «Si has llegado hasta aquí, ahora tienes que seguir»; típico de individuos sin control, incapaces de contener la llamada desenfrenada de su entrepierna. El juez consideró que ella se había dejado llevar por la pasión y que su arrepentimiento de última hora no era óbice para dar por concluida la relación sin el final feliz que él esperaba. Se ve que para alguno de esos machos, llegado a un punto sin retorno, no se le puede decir que baje su apretura por su cuenta y puede imponer lo que está empezado.

Ramiro Stavros era un habitual de Fuego, una discoteca en West Hollywood para cuarentones hispanos de cuellos de camisa disparados listos para un ligoteo fácil y sin complejos.

Volví a mirar la foto que tenía del violador; sobre los treinta, musculoso, buena facha de macho alfa. Un hombre así no debería acudir a la dominancia física para saciar sus instintos. Aparentemente. Pero luego están el perfil psicológico del individuo, su educación, sus complejos, sus traumas, el dinero de papá, y un hombre que podía haber sido un partidazo se convierte en un criminal libre que pone en peligro a toda mujer que se le acerca.

Esa noche del viernes, Fuego estaba muy concurrida. Hice cola en la puerta unos quince minutos. Me vestí al uso: peluca rubia, falda corta, escote al límite, tacones infinitos; bélica y esperando a la presa. Me dirigí a la barra atestada de iguales guerreras, aguardando la llegada, no ya de un príncipe azul sino de alguien simpático, limpio y con una mínima conversación, esto último siempre difícil. Las mujeres cada vez pedimos menos para darlo todo, lástima. Nadie estaba ahí buscando el amor de su vida; quizá, a lo más, una noche que les hiciera no perder la esperanza en sí mismas. Nosotras elegimos entre lo que hay, entre lo que queda, y queda poco. Me pedí un cóctel, una margarita, que aquí en L.A., que es como los angelinos llamamos a esta ciudad, somos muy de mezclas; de combinados endulzados por el azúcar hecho alcohol, y además, qué te voy a contar, con la peluca rubia tenía calor. El primer sorbo frío me trajo a un tipo de unos cincuenta años que se apoyó en la barra mirándome el escote dispuesto a entablar conversación. Deposité mis ojos en los suyos, seria, y negué con la cabeza sin pronunciar vocablo alguno. Sobre la marcha, el canoso se dio la vuelta y se fue; no hubo química, sobraban las palabras. Un tipo listo, con experiencia, me dije cuando se hubo ido; conocía el no y lo aceptó a la primera, con deportividad.

Sentada, comencé a escrutar el lugar. Sabía que allí estaba Ramiro, mi objetivo. Coloqué un tacón de aguja sobre el estribo de la silla alta, mientras la otra pierna se alargaba insinuante al frente. Ahí, mientras la vista se paseaba vislumbrando caras desconocidas, me acordé de Luck, el novio que me he echado; el papá soltero más deseado de la escuela, el padre de Lianna, compañera de clase de Encarna, mi hija; Luck T. Laurence, que tiene nombre de escritor de ciencia-ficción. Él dice que es su nombre artístico. Hombre de piel oscura, como la mía, que soy mezcla de irlandesa, negro y gaditano de toda la vida. Como dice mi padre: «Los de *Cái* nos mezclamos con todo, ¿por qué crees tú que se llama la Tacita de Plata? No por la forma, no, sino por el contenido: café con leche somos; que en esa tierra se apalancaron un *jartíbere* de gentes para un lugar tan chico, digo, *finicios*, romanos, *bizintinos*, los *visigordos* esos, gitanos, moros y mi *pare*, Antonio Ramos, que era de Lebrija; que para los de Cádiz es como el extranjero. Vamos, que mi tía Obdulia, por parte de madre, fue al cuartelillo de la Guardia Civil para sacarse el pasaporte antes de coger el autobús *pa* Sevilla, como te lo digo».

Luck y yo estamos bien. Es amable y cuando lo hacemos es estupendo. Ahora tiene a su padre enfermo en el hospital; estaba muy mal me ha dicho, en las últimas. Pero lo que nos pasa a los padres solteros es que nuestra prioridad son nuestras hijas, que las niñas se lleven bien y todo eso. A Encarna la sigo acercando a terapia, a Margaret, la psicóloga infantil, para que haga dibujos y luego ella le hace preguntas sobre lo que ha pintado. Yo creo que está mejor; la niña ya pinta normal; que hace unos dibujos muy bonitos de castillos y dragones. Ahora que lo pienso, la verdad es que no ha dejado la etapa gótica: ha pasado de la tumbas y las cruces, más macabras, y está en la etapa gótica-fantástica; tendrá que pasar por todas las fases hasta llegar a una normal y pintar corazones atravesados por flechas. Como te digo, yo con Luck estoy bien, por el momento; te lo iré contando.

No veía a Stavros. Le di un largo trago a la copa martinera mientras observaba a tres chicas que brindaban con sus cálices de vino tinto. Estaba cerca de ellas y escuché claramente: «*Cheers, for Betty's divorce*». La que debía ser Betty tenía una cogorza de aquí te espero; se bebió el caldo rojo fermentado de un trago, sonrió guiñando los ojos y mostrando los dientes tintados de oscuro; un poco vampírica me pareció.

–*Can I buy you a drink?* –escuché a mi espalda. Era un hombre con la chaqueta apretada y una cerveza en la mano.

Lo miré de arriba abajo para intimidarlo; yo estaba ahí por trabajo.

–*No offense, but you're going to be the second man tonight that I say no to.* –Dejé la copa en la barra y volví a mirarlo–. *Go away, don't be discouraged; keep on trying with someone else.*

–*Bitch.*

–*You see, I´m not your type.*

El hombre del traje apretado se alejó contrariado dando un trago a su vaso de cerveza recalentada. «Otro que no aguanta una negativa», pensé.

Ahí es cuando divisé a Ramiro, en un reservado. Vestía una elegante camisa negra y un ostentoso medallón dorado del que colgaba una S de Stavros también del precioso metal. Era el hombre de la foto que me había dado Doris McKey y estaba sentado junto a una chica muy atractiva. Ramiro hablaba y bebía tragos de burbon. La chica a su lado reía las gracias sin gracia del heredero de las conservas grasientas. Sabía quién era él. Estaba cazando.

Era el momento de entrar en juego. Di otro sorbo a la margarita y me fui a la pista de baile; coincidió con que sonaba el último éxito de Rosalía. Yo que me coloqué a tiro del violador liberado y comencé mi baile aflamencado; mis tacones golpeando metálicos en la pista de madera, las caderas moviéndose rítmicamente. Lancé las manos en giros arriba y abajo como nunca las habían visto agitarse por esos lares, flamenca rubia, haciéndome ver. Ramiro fue verme y no separar la vista de mi cuerpo, que su sexy acompañante me mataba con los ojos. Si ella hubiera sabido el poco futuro que le esperaba a su presa, con la que había imaginado una vida de mantenida bajo el ala de su escultural cuerpo, se hubiera quedado helada. Ramiro no se resistió; era un tipo que tenía el cerebro dividido en dos bolitas y dirigido por una válvula que se excitaba al reclamo del bombeo sanguíneo. Ahí estaba él levantando los codos y dando pasos desacompasados. Yo que comienzo con mis insinuaciones; el típico te miro y no te miro, me acerco y me alejo, él cada vez más aborregado. Rosalía seguía cantando.

Ramiro tenía la sonrisa del consentido, de ese al que nadie le ha negado nada, del que consigue todo lo que se propone, del que pone precio a las personas porque lo puede pagar. Bailaba como quien envasa una lata de mejillones, en automático, sin gracia; lo que se dice «un tonto del bote». Cuando terminó la canción volví a la barra, a por mi copa de borde ancho, dejándolo con el síndrome del hombre abandonado en la pista. Vino detrás.

—*How are you, blonde?*

—¿Cómo sabes que soy rubia? —le contesté en español.

Stavros sonrió:

—No lo sé, güera; solo veo el pelo de tu cabellera. Quiero imaginar el resto.

—Pues sigue imaginando tintes de colores.

–Eres nueva aquí, ¿no?

–Nueva y sin compromiso. Me han dicho que este es un buen sitio de baile latino.

–Te han dicho bien.

Le di el último trago al cóctel de origen mexicano y dije, mirándolo:

–¿No hay un sitio más tranquilo donde nos dé el aire?

Ramiro sonrió.

–Ven, que te voy a enseñar el Paraíso.

Le seguí por un pasillo, luego por una puerta que daba al callejón donde se escuchaba de fondo la música de la sala. No era el Paraíso.

Fue dar un paso fuera y convertirse en pulpo; que sus manos se movían como tentáculos. Tuve que unir codos y darle un pisotón. Él me respondió posando sus manos en mi trasero. No esperé más.

¡Clac!

Golpeé mis zapatos uno contra otro, les quité el camuflaje; donde antes había tacones ahora lucían dos cuchillas afiladas y relucientes de doce centímetros, mortales.

Intenté alejarlo pero el tipo había pasado de pulpo a lapa, lo que tiene hacer conservas. Entonces le pisé, clavando los filos de acero pulido en los empeines de sus zapatos de piel negros. Ramiro Stavros me miró horrorizado, los ojos desorbitados, sintiendo el hierro ya profundo en sus extremidades. Cayó de rodillas. Mientras, giré sobre él y salté sobre sus gemelos hincando en sus músculos los dos estiletes, que entraban como cuchillos en la mantequilla. Coloqué las manos sofocando el grito que salía de su boca histérica. Se desplomó en el suelo sucio del callejón. Yo di dos pasos colocando mis *heels* a la altura de su cuello. Terminé con el macho; dos pequeños taconazos de cierre, dos cortes en la yugular del maléfico.

En la oscuridad su sangre parecía entre tinta de calamar y el mejunje pastoso de una lata de bonito con tomate. Las conservas Stavros buscaban heredero y más calidad en su contenido.

Él ya estaba muerto. Me quité la peluca rubia y los tacones afilados, que me estaban dando la lata cuando daba dos pasos, y me fui andando descalza hasta el coche.

De cuando estaba en Quántico, estudiando en la academia del FBI, recuerdo el estudio de un sociólogo, Erving Goffman, que decía que en Estados Unidos hay solo una tipología de macho: «Un hombre joven, casado, blanco, urbano, heterosexual, norteño, padre protestante con educación universitaria, empleado a tiempo completo, de buen aspecto, peso y altura, con un récord reciente en deportes. Cada varón estadounidense tiende a observar el mundo desde esta perspectiva... Todo hombre que falle en cualificar en cualquiera de esas categorías es probable que se vea a sí mismo como indigno, incompleto e inferior».

Ahí estaba Arnie, un hombre sin complejos, entregado al ritmo de la *soleá*, custodiado por Carmen y por Doris, los tres con la máscara del flamenco puesta. Doris llevaba el abanico clavado entre los senos. Mañana a las once voy al ginecólogo y tengo la prueba de la mamografía y luego el viaje a Ciudad de México. Terminó la clase y me fui a casa.

Había dejado a la niña con mi padre, que le estaba enseñando los acordes de las bulerías a la guitarra; la nieta los pillaba al vuelo.

–A ver, Encarna, mira; aunque eres pequeña tienes la alegría de las seis cuerdas en tus *deos*, que es como tener una *arcancía* llena de *moneas*, vamos, y no te atores, que no te salen *bojigas* por rasgar una guitarra.

Mi hija tocaba despacio, moviendo sus deditos sobre el mástil y se mordía la lengua con la tensión.

–*It's hard.*

–*Acomosí*, que como agarres un *seguío* con el instrumento el abuelo Macareno te va a comprar una guitarra para que seas *tocaora* de flamenco, que al paso que vas y con un poco de *chamba* nos retiras a tu madre del sicarismo y a mí me pagas todos los meses la dolorosa de la residencia cuando sea viejo.

Antes de entrar en casa miré el buzón. Una carta, solo una y estaba a nombre de Macareno Ramos Losantos. Miré el remite: Obdulia Losantos desde Cádiz. En el interior del sobre había algo más, algo pequeño. «Ahora se la doy».

Pasado mañana tengo que ir a Ciudad de México. Tenía reunión con Julia Entrepinos; me quería contratar recomendada por Emilia MacArthur. Nos íbamos a ver cara a cara.

> *No sé cómo no lo vi,*
> *no sé cómo me callé,*
> *I don't know how I managed to get you out of*
> *that hell.*
> *Ni una más,*
> *ni una mujer muerta más sin razones.*
> *I don't want the star dust made with hearts.*

II. DEBLA

*Tres palabras yo repito
en esta amarga canción:
gracias, perdón, os quiero.
No busco la venganza,
pero tampoco quiero el perdón.*

Querido Macareno, te escribo a esta dirección que ha encontrado tu primo «el Lechuga» en el interné ese que todo lo sabe, sus muertos. Que me dice él, que es muy listo y que sigue usando gafas pa ver, que tú no tiene ferbú, ni intagrá, y en no sé qué mierda de linenin, vamos, que no aparece na de ti en ningún lao, que nos hemos vuelto chalaos pa buscarte. Tu primo chico «el Bajío» te buscó en tuter; él es el único de Cái con el tuter ese y tampoco apareces tú, pero la que aparece es tu hija Lola y tu otro primo, «el Ajolá». Buscó las señas en allí lejos en una güé, me ha dicho, que a sabé qué e una güé; algo bueno no, seguro, que debe ser una droga de esas. La hostia encontrarte, con perdón divino. Espero que sigas vivo y con la guitarra. Yo aquí sigo, abarbetá con mis paseos matutinos por el parque de las gordas y haciendo cola en la residencia, que soy adicta al baldeo de la seguridad sociá y me meto un chute de urgencias tos los días, Dios mediante; ya estoy mu escacarañada por la edad.

A lo que iba, Macareno. No quiero ser jartible ni darte una alferesía, pero tu tío José Lui, «el Chungo», se murió chuchurrumío y te ha dejao de único heredeo, el agarrao de él. Anenante decirte que ha sido un bajonazo, que aquí estamos boquerón y el que se lo lleva *crudo eres tú, que vives en el más allá. José Lui te ha dejado un chalet canela en Aesira, que no es una covacha; también te ha dejao un coche deportivo rojo con el culo pegao al suelo y tres lanchamotoras, que estaba el hombre metío en el negocio de la importaciones logísticas de alucinógenos, me dice tu primo Manué, «el Escosío», que era cliente suyo; ya sabes, pa podé componé su canciones para la comparsa. Así te digo que te tienes que venir y hacerte cargo de la carná, y acomosí tendrás que acoquinar con los de los impuestos, que aquí son unos cacarucas; los llamamos «los vampiros», de la sangre que chirlan los hijoputas, no veas.*

Además te adjunto en el sobre el colgante de «el Chungo», que quería que lo tuvieras tú, que lo he llevado a tasar a la casa de empeños y me han dicho que no vale dos perras, que ni es de oro ni na.

Se despide tu querida tía, Obdulia Losantos.

Macareno miró el colgante que había viajado con la carta; era una cadena de metal oscuro de la que colgaba un crucifijo en forma de llave. Se la guardó en el bolsillo y leyó un par de veces más la carta de su tía Obdulia.

«El Chungo» había muerto y había dejado en usufructo a su sobrino, él, todas sus pertenencias. Lo del chalet en Algeciras le sonaba bien, lo del coche deportivo también, pero lo que más *pasmao* le había dejado era lo de las tres lanchamotoras. «Que digo yo, ¿para qué quería el tío José *Lui* tres fuerabordas *a carajo sacao*, ahí, en el Estrecho?». Se llevó la mano al bolsillo y sintió la cadena con el extraño crucifijo que reposaba en su interior. Lo cierto es que tenía ganas de volver a España, a Cádiz, y ver a la familia; hacía muchos años que se había ido, muchos, con su guitarra a cuestas, y no había regresado nunca. Cuando volviera Lola del médico se lo iba a contar. «Creo que va siendo hora de retornar a la madre patria», pensó el *tocaor* con los ojos humedecidos por la emoción.

Con el impulso melancólico, Macareno se fue a su habitación, al armario, al altillo donde estaba la caja de los momentos nostálgicos. La cogió, la depositó en la cama y abrió la urna de los recuerdos.

Debla significa en *caló* diosa, madre de Dios. *Debla* es también un palo flamenco derivado de la *toná*, del *martinete* y de la *carcelera*, pero la *debla* es más desgarradora y herida, como un recuerdo que se hace presente y se canta a palo seco, a pulmón, con potencia, casi un llanto sin ayuda, ni acompañamiento.

Me puse de pie junto a la máquina de rayos X; conocía el protocolo. A mis treinta y siete años había pasado por ahí en otra ocasión. La auxiliar levantó la placa hasta la altura de mis senos; me desnudé el pecho y ella me ayudó a colocar la mama sobre el frío apoyo, luego con otra placa por arriba mi seno quedó firmemente sujeto, *estrujao*. «*Don't move* –me dijo– *and*

hold your breath». Ella salió de la habitación donde me iban a radiar cuatro veces, dos a cada pecho. Agradable no es, molesto sí, y con ese reconcome que tiene una al hacerse una prueba de «por si acaso». Que sé que no tengo nada; yo me exploro y palpo por si hay bultos o algo raro, nada, que esto es rutinario, lo sé, pero llevo dándole vueltas al «por si acaso» dichoso desde que me dieron la cita. Ya está hecho. Ahora a esperar el resultado; será cosa de una semana me han dicho.

¡Qué cruz de mañana! Que fue dejar a la niña en el *preschool* de Manhattan Beach y venirme a hacerme las pruebas. Primero el ginecólogo; que allí estábamos esperando, mirándonos las cuatro citadas con los ojillos así de pequeños, todas con las piernas cruzadas, apretando, camino de la auscultación visual y táctil de los profesionales de la entrepierna. ¡Qué vocación, por Dios!, como la de maestra o la de monja; que ya me dirás tú si no hay que ser vocacional para observar tanta chuminada junta, una detrás de otra.

Esto me recuerda a cuando me cargué a Darrin Silvera, el ginecólogo cabezón que se había propasado en sus labores profesionales de reconocimiento uterino. Recuerdo que me contrató Nancy Pelosi; no la líder de los demócratas del Congreso, esa no, otra Nancy Pelosi. Esta era la representante de un grupo de mujeres con las que el tal Darrin, un psicópata sexual con el título de Medicina, se había propasado en la consulta. Un sujeto realmente vomitivo que aprovechaba la confianza que da una bata blanca y el juramento hipocrático para despojar de dignidad a mujeres en posición de cúbito supino, un asco de tipo. Me dije, «con este, paciencia, que la venganza se sirve fría, y un tipo de cincuenta años acaba yendo al urólogo tarde o temprano». Solo hacía falta esperar para que probara en agujero propio su medicina.

El día llegó. Fácil; lo acompañé a una habitación sin uso, vestida de enfermera. Me siguió como un corderito al matadero. Yo le vine a decir algo así como: «Bájese los pantalones y recueste el pecho sobre esa camilla. Ahora viene el médico para hacerle el tacto rectal, vamos a ver cómo está esa próstata. No se pre-ocupe, no se va a enterar». Mentí, claro. Me acerqué y le puse una inyección de anestesia en su nalga pá-lida y flácida. Se quedó dormido pronto, que parecía un borracho amodorrado en la barra de un bar; luego saqué un estimulador vibracional de goma que había comprado el día anterior y que imitaba el miembro descomunal de un superdotado, inmenso, que en los sex-shops venden de todo. Darrin tenía los esfínteres relajados; lo dejé con el aparato taladrando su organis-mo en ese estado de onanismo y me fui.

Te confieso que no sé si lo maté; lo que sí reconoz-co es que le hice una foto que le envié a Nancy Pelosi, la otra. Ella respondió al mensaje con los *emojis* de la gitana bailando y con el de la mano con pulgar hacia arriba, para qué más. Estaba segura de que el cabezón o moría o iba a ver la existencia de otra manera; man-cillado, si no muerto, avergonzado y condenado de por vida a usar pañales para retener sus desechos.

Muchas mujeres no denuncian por vergüenza; encima de que eres la víctima te encuentras con que te tratan como la culpable, la zorra, el «algo habrás hecho» tantas veces escuchado. Hay que denunciar, desenmascarar a estos tipos camuflados, sacarlos a la luz. Tú no has hecho nada malo cuando te topas con hombres así. Tienes dos opciones: o ir a la Policía o venir a mí. Yo soy el último recurso. Soy la *debla*.

Helen, mi ginecóloga, me dijo que estaba perfecta, y como siempre me preguntó que si tenía relaciones, y yo, que llevaba cuatro años diciendo que no con carita de pena, cuando me ha preguntado le he dado un sí largo con una sonrisa; lástima que no me haya pedido nada más, algún detalle; hoy tenía el día de contarlo todo. Luego he ido al aplastamiento pectoral que te he contado ya, que con lo orgullosa que está una con lo que tiene cuando está en esa prueba se desmoraliza; te ponen la mama que parece un sándwich de queso Gruyere a la plancha. Ya pasó. Vuelvo a casa; tengo que hacer la maleta que mañana vuelo a Ciudad de México a ver a Julia Entrepinos. Es un vuelo de cuatro horas. Es que México es muy grande; donde uno ve eso que parece una pata de gallina debajo de los Estados Unidos caben España, Portugal, Francia, Alemania, Polonia y Gran Bretaña enteritas, casi nada.

Tengo que preparar la cena, que me ha dicho Luck que me deja a Lianna a cenar y a dormir esta noche, que él tiene que ir al hospital para que su madre descanse un poco; el padre debe estar peor. Uy cuando se lo cuente a Encarna, verás qué ilusión le hace.

Para la semana que viene le he pedido a Amparo Patiño, de Cangas de Morrazo, que me sustituya en las clases de flamenco; ella encantada, que aunque vive en Echo Park, si pilla la Cinco se planta aquí en cuarenta minutos. Amparo, que lo que baila bien es la muñeira, se las apaña con las sevillanas y la mujer tiene mucho empeño; lleva en Los Ángeles un porrón de años, como treinta, que vino a estas tierras con un novio teniente de la Navy que había recalado en el puerto de Marín para unas maniobras y se enamoraron; ella gallega y él de Dakota del Norte. Este estado del norte, como su nombre indica, no tiene ni mar ni nada y hace un frío del «carajo de la vela», que no hay un sitio tan helador después del Polo Norte en el mundo. El hombre, el *dakotense* del norte, se vio en Galicia con una celta y ¿cómo no se iba a enamorar? Se trajo a la Amparo aquí y mandó Dakota del Norte a tomar viento.

Qué frío me entra nada más pensarlo. Mi padre compuso una *soleá* para el Festival Flamenco de Fargo, el FFF. «Hacía tanto *biruji* y *arresío* que la gente daba palmas para calentarse las manos y no para seguir el compás; que yo tuve que tocar la guitarra con manoplas y la *bailaora* se ponía botas de piel vuelta, el traje de lunares encima del mono de skay y un gorro de pelo ruso, que más que una *bulería* parecía que iba a bailar el *kasachof*. Si el flamenco hubiera nació ahí se llamaría *friamenco*, la madre que me parió», me contaba él. La *soleá* decía:

Ay, Dakota, ay, Dakotau
con solo decir su nombreau,
me sale vapor congelau
y cubitos de la gargantau.
Norte, hace un frío de cojonesaus
que na más abrir la bocau
se me amorata la carau
y se hiela la guitarrau.

Encontré a mi padre en su cuarto, con la caja de los recuerdos abierta. Fotos y pequeños objetos se esparcían sobre el edredón de florido estampado. Macareno ojeaba alguna foto de su mujer, mi madre. Tenía en la mano la de la boda, ella de blanco y él con un *smoking* con camisa azul clara con chorreras prominentes, años ochenta, hortera. Los dos reían y se miraban cómplices.

–Hola –le saludé–. ¿Qué, nostálgico?

–Un poco, que recibí una carta de mi tía Obdulia comunicándome el deceso de mi tío José *Lui*, «el Chungo»; ahora soy el heredero al trono de *Aesira*, que tenemos que ir a Cádiz a por la *guita*; me ha dejado un chalet, mira tú por dónde. Eso, me he puesto bobo y aquí me tienes acordándome de tu madre, de mi gitana con puntería, ya ves. *Fueraparte*, ¿cómo te ha ido en el médico?

–Uf, a esperar resultados.

–*Ojú*, Lola, que más que ir al *ginicólogo* parece que has ido a echar una quiniela.

Me acerqué y cogí la valija de cartón vacía; tenía escrito a mano el nombre de soltera de mi madre, Tarissa

Ramos. Era una caja dentro de otra caja, para reforzarla; tantas veces la había visto en el altillo que nunca me había fijado en ese detalle; no solo era la caja de mi madre, era un santuario a su memoria.

Había muerto en un accidente cuando yo tenía cinco años. Yo estaba con ella ese día, apenas recuerdo nada; las cosas malas tiendo a olvidarlas. La atropellaron en el cruce de Wilshire con la Tercera; ella, tan certera en la distancia larga, no lo vio venir; un coche que se dio a la fuga y yo me había quedado allí en la acera, contemplándola tendida en el asfalto, apagándose entre espasmos y convulsiones. Ella era teniente, francotiradora de élite de la Army.

Metí los dedos y separé las dos cajas con facilidad. Ahí había un sobre cerrado; había estado en ese lugar, oculto, treinta y dos años esperando a que lo descubrieran.

Se las llevó la mañana,
la noche y la madrugada.
Y sonaron las campanas,
con armas muy afiladas
que las dejaron sin vida,
rotas y ahí tiradas.
Aquí escribieron su ausencia
guardadas en mi recuerdo.
When I look to men's eyes,
I'm not afraid anymore.

III. CARCELERA

Que si no te gusto, lo dices,
que si no me quieres, me dejas,
pero no vuelvas a alzar tu puño
tomado de la violencia.
Que mi vida es una cárcel,
un calabozo con rejas.
Ya no me quedan más lágrimas
que derramar sobre la mesa.
Que es cobarde el que golpea
escondido tras la puerta.
Entre ese y yo hay un muro,
el muro de la vergüenza.

Abrí el sobre bajo la atenta mirada de mi padre; sorprendidos estábamos ambos. En su interior había dos hojas con un listado de materiales y tres fotos en blanco y negro donde en una se veía a un militar con el rango de capitán; lo supe por los galones. Estaba hablando con un hombre de pelo blanco. En las otras dos, el mismo capitán con el traje de faena; un hombre fuerte, afroamericano, junto a dos convoyes con lonas del Ejército americano. Eran fotos antiguas, descoloridas después de treinta años. Le pasé las fotos a mi padre y me quedé mirando las dos hojas impresas a máquina con las palabras hundidas sobre el papel por el golpeo; ambas tenían en su encabezamiento fechas de octubre; eran de unos días antes de que muriera mi madre. Las dos estaban firmadas por el capitán Gerald Travis.

—¿Tú conocías esto? —le pregunté mostrándole las dos hojas, que habían perdido su blancura.

—En mi *vía* lo había *aberruntao*, que estas *afotos* me huelen como a ti, a bacalao, digo, que tu *mare* no me daba coba de su curro y yo no me coscaba de su chollo; estaba poco *cuajao* en aquella época, *chirlachi* que era uno.

—Esto lo había ocultado mamá por algo —dije mirando otra vez las dos hojas—; es un listado de material, de armas ligeras.

—Tu *mare* estaba destacada en el acuartelamiento de aprovisionamiento de El Segundo, que la *mujé* no se escaqueaba nunca de su *debé*, todo el día sin relajarse del curre que supone América, *mu* americana era; que parecía que no había nadie más para arreglar el país que ella.

Era todo muy raro. Me prometí a mí misma que averiguaría de dónde había salido aquel sobre escondido durante tanto tiempo y que descifraría lo que significaban aquellas pruebas que mi madre se había preocupado por ocultar de esa manera.

Ahora tenía que ir a por la niña, preparar la cena, dar clase, hacer la maleta; que las mujeres somos prisioneras de nosotras mismas con tantas tareas que nos ponemos. No tenía yo bastante con lo que tenía. Además de la mamografía, el novio y los asesinatos, ahora también tendría que ocuparme del sobre de marras.

La *carcelera* es una *toná* sin métrica determinada, una copla a modo de *martinete* que hace referencia al mundo carcelario, a la vida en la prisión, al sufrimiento del que pena su condena entre rejas; pero no hace falta estar en un penal para vivir encarcelada, que hay mujeres que lo están en su propia casa. Es un cante desgarrador, a palo seco, octosilábico, de cuatro o cinco versos libres. No se baila y carece de compás.

Aterricé en el Benito Juárez, que en vez de un aeropuerto parecía una manifestación contra Trump; la cantidad de gente que había allí, mi madre. Me estaba esperando un conductor para trasladarme a la mansión en El Bosque de Las Lomas donde vivía Julia Entrepinos, que estaba casada con el futbolista Benito Morete, al que apodaban BM7 y «la Flecha Verde». Con ese apodo me recordaba al héroe de los cómics de Green Arrow y también un poco a los coches BMW. Era el delantero de moda en la liga azteca. Los mexicanos tienen locura con el fútbol, casi tanta como los españoles. Julia Entrepinos era una riquísima heredera, una mujer que no dependía económicamente del dinero de su exitoso marido.

Ahí estaba yo, en el coche, en la maraña de tráfico de esa ciudad dándole vueltas a todo; que lo del sobre había sido la gota que colmó el vaso, que me estaba poniendo histérica solo de recordar aquellos días de mi infancia, un trauma para la niña de cinco años que era yo; como la edad que tiene Encarna, igual, y ves como un coche oscuro se abalanza contra tu madre cuando el semáforo está en verde para los peatones y que mi madre me empuja y a ella la arrolla el auto negro y ese asesino al volante sigue su marcha sin detenerse y yo me acerco a ella, moribunda, y me dice: «*Lola, everything is ok*». Que los americanos decimos que todo está bien cuando todo está mal, así somos. Murió mirándome a los ojos, con esos cristalinos de lince que tenía, abiertos.

¡Hay que ver la de gente que vive en esta ciudad! Brutal, que hay más mexicanos que granos de arena en la playa de Acapulco, Dios.

Llegué a la mansión, igualita que las de Beverly Hills. Salió a recibirme Julia Entrepinos; espléndida ella, vestido estampado de Missoni, gafas de Prada y tacones de vértigo de Louboutin. Me fijé en una cadenita de oro de la que colgaba una flecha.

—*Quiúbole*, ¿cómo te va? —Me tendió la mano—. Bienvenida a México, mi Lola. —Las mexicanas, con una frase te hacen sentir en casa.

—Encantada de conocerte.

—Uf, se te ve *locochona*. Pasa, Lola, que te tengo que platicar el *rollazo* en el que estoy metida. —La mujer me señaló el salón.

Ahí que nos sentamos y ella dale que dale a la lengua, que si política, moda, fútbol, turismo, de todo hablaba, que estaba de un necesitado de comunicación verbal que asustaba; era un no parar, verborrea, que hablaba de todo menos de matar a alguien. «Esta, más que quitarse de en medio a alguien, lo que tiene que hacer es contratar a un sordomudo que la aguante». Lo que hablaba esta mujer. «Se nota que el futbolista para poco en casa, mucho partido fuera y ella sola y con dinero». No respiraba, solo platicaba, sin puntos ni comas. En cinco minutos había aumentado mi repertorio de vocablos imposibles, más que en una semana con mi padre. Un día los iba a presentar; si se entendían entonces sabría que los milagros existen.

Yo la miraba «ojiplática» esperando el momento de colar una frase y aprovechaba para mirar alrededor; el lugar estaba perfectamente limpio y ordenado, todo milimétricamente colocado, las sillas alineadas; que hay mujeres que si no tienen todo perfecto, regulado, meticulosamente preciso, no viven.

—¿Y a quién hay que matar?

—Perdón, no dejo de chacotear y no llego al meollo del asunto. ¡Qué hueva me doy!

Lo que estaba claro es que, como subdialecto de imposible entendimiento, después del gaditano va el mexicano.

—Bueno, pues amárrate las agujetas que te vas a dar un *ranazo*.

La miré seria:

—¿A quién?

—A ese —y Julia me señaló una foto donde estaba su marido estrechándole la mano a otro hombre rechoncho con traje de mariachi.

—¿A tu esposo?

—*Nel*, el otro; a Marco Antonio, el presidente del club.

—¿Ese es el presidente?

Ella asintió con la cabeza.

Yo me quedé mirando al tipo de traje folclórico que posaba con su marido en el retrato. Un mariachi panzón sin sombrero.

—Pues tú dirás.

–Te platico el pedo que tengo; el muy *sacatón* me tiene extorsionada. Lo confieso: yo tuve una aventura cuando estaba muy chava con un jugador de fútbol *chipocludo*, un *disque* tipazo. El *teporocho* ese –señaló de nuevo la foto del hombre orondo–, Pacheco, se enteró de que había unas, digamos pruebas, y ahora las utiliza para darme en la *madre*. En verdad, ya me tiene encabronada el que ese ruco asqueroso me tenga dándole mis quincenas para que no se entere mi marido para financiar su hierba, sus *pedas* y quién sabe qué otros negocios oscuros que se traiga entre manos. No se vale; yo solo quiero ser feliz y que mi esposo se vaya transferido a España, al Real Madrid.

Fu, menuda telenovela me contó.

–A ver, para que nos aclaremos. ¿Ese tipo con pinta de cantar rancheras ahumadas te pide dinero porque tiene pruebas de una aventura tuya de antes de casarte?

–Exacto.

–¿Se puede saber qué pruebas son esas tan comprometedoras? Se lo dices a tu marido y se acabó el problema.

Julia Entrepinos suspiró, agarró el celular, que en México si dices «cogió el móvil» se creen que te lo haces con un *Smartphone*, y me mostró las imágenes indecorosas. No te las voy a describir pero te diré que eran fotos que ninguna mujer quiere enseñar ni a su ginecólogo, ni en un *casting* de cine porno. Yo me ruboricé.

–¿Y cómo tiene ese presidente estas fotos tan íntimas?

–*Chale*, no sé; se las habrá pasado Arturo Torregrosa, que es como se llama el cuate con el que andaba en el *faje*.

–Veamos entonces: tenemos dos presas, el rufián que hizo las fotos, el tal Torregrosa, y el otro, que es un miserable y las utiliza para extorsionarte, ese Cruz.

–*Órale*, qué chingona; eso sí, ni idea de quién fue el culero que tomó las fotos. Que estoy *requetesegura* de que no soy la primera a la que se las sacan, ni seré la última. Que yo no estaba casada cuando este *faenazo* y ¿qué voy, a ir pregonándole a mi esposo mi pasado fiestero? ¡Qué oso me da!

Me dio los detalles y las fotos de los dos malajes. Cerré el trato; no hubo oferta de dos por uno, tampoco me pidió ella la rebaja, que las mujeres sabemos lo que vale un peine.

Estábamos ya en la puerta despidiéndonos cuando llegó el deportivo verde de Benito Morete, BM7. El delantero mexicano se me quedó mirando, escrutador, sin hacer ni un gesto como si estuviera a punto de tirar un penal. Me sentí escaneada, me subí al auto y me fui.

No entiendo por qué a las mujeres nos atraen los hombres malos. Leí que el éxito biológico de los malvados es superior al de los buenos; tienen más parejas sexuales. Nosotras sabremos lo que hacemos, y yo seguía dándole vueltas a la mamografía y al sobre escondido de mi madre.

El primero de mis dos objetivos era el presidente extorsionador. Vestía de chaqueta mariachi, su razón de ser. Un tipo panzón que se había bebido la fábrica de la cerveza Modelo él solo.

Lo vi en la distancia, cuando se acercaba en su coche descapotable azul al nuevo coliseo que estaba en construcción, que más que un estadio de fútbol parecía una cárcel. Pensándolo bien, a más de un hincha apasionado le gustaría estar encerrado ahí todo el día, prisionero, y que incluso lo enterrasen en ese mismo lugar.

Me fijé en que los botones de la camisa celeste que llevaba puesta aguantaban como podían la presión de su tensa carne abdominal y la barrigota tocaba el volante encuerado; que el hombre para salir del auto aguantaba la respiración y cogía impulso. Es lo que tienen los coches deportivos, que vas a ras de suelo.

Marco Antonio Cruz visitaba cada día a primera hora de la tarde, justo después del almuerzo, el conglomerado de hormigón que estaban construyendo con los mismos planos que un presidio y que sería el nuevo estadio de fútbol para sustituir al Azteca. Sonaba a todo volumen la música de Christian Nodal.

> *No te contaron mal*
> *No te voy a negar*
> *Sí, nos besamos, nos entregamos*
> *Pero hasta ahí no más*
> *Fueron unos cuantos besos*
> *Dos o tres caricias*
> *Me ganó el deseo de que fuera mía*
> *Puro coqueteo ¿y pues yo qué hacía?*
> *¿Qué tienes que opinar?*

Si no fueron muchas, solo fue con una
Si andaba borracho era culpa tuya
Y al final de cuentas
Una no es ninguna
Una no es ninguna, mi reina.

Al majadero estuve observándolo durante dos días; siempre la misma rutina. No sería una neutralización complicada. Ahí mismo tenía todo el material que necesitaba para borrarlo del mapa. Solo tuve que acercar marcha atrás la hormigonera y esperar el momento de que descargara. ¿Cómo? Invité al conductor a tomar un trago, que fueron diez tequilazos para el cochero, uno detrás de otro y sin pausa; el hombre se quedó sumido en una siesta etílica considerable y derrumbado, con la cabeza contra el cristal en el asiento del copiloto, *sobao*. Situé el camión con el volquete gigante justo junto a la plaza de aparcamiento que utilizaba Marco Antonio cada tarde, ahí, y la señalé con una cruz.

Llegó el presidente del club, aparcó donde yo había puesto la señal y solo tuve que darle a la palanca de descarga. La boca comenzó a escupir toneladas de cemento sobre el coche azul abierto. El hombre ni se enteró de que se iba a convertir en estatua, en convidado de piedra del nuevo recinto deportivo.

La mezcla de piedra caliza, arcilla, arena, esquisto y grava con el agua aplastó en segundos al extorsionador; quedó sepultado bajo el mortífero material volcado sobre el auto, que se estaba transformando en su prisión. Aquel hombre quedó sumergido en cemento.

Yo me alejé andando de aquella cárcel que comenzaba a fraguar, con aquel *abelardo* que seguía saliendo del camión, que pensé en aquella canción de Cuco Sánchez:

> *De piedra ha de ser la cama,*
> *de piedra la cabecera;*
> *la mujer que a mí me quiera,*
> *me ha de querer de a veras.*
> *Ay, ay, corazón por qué no amas.*

IV. ÁNGEL

No más su amor enfermo
que mata y dice te quiero.
Que cada golpe que sacude
a todas nos da por dentro.

«Ángel». «Tener ángel», hace referencia a la magia, al duende, a la inspiración que uno tiene cuando canta, toca o baila flamenco. También se le llama «*age*»; que los flamencos quitamos y ponemos letras a nuestro antojo y a «*age*», de cinco letras, le hemos quitado dos y un acento al ángel. Así somos los flamencos, que agrandamos el talento acortando las palabras; como dice mi padre: «Mira *picha*, en *Cái*, o te comes las palabras o eres un sieso *manío*; con el bajito cuerpo que tenemos, que no tenemos ni cuarto y mitad de *babeta pa* hacer con caballa; que mi primo Nicasio, que se llama de verdad Chano pero le llamaban Nicasio porque era el más chico de siete hermanos y 'ni casio' que le hacían, pues se comía tantas palabras que solo hablaba con vocales, que para pedir la hora *desía*: '¿é oa e?', que se metió a político, *loaiza*, que no le votó ni su madre, no ni *na*, el hijoputa. Que si un flamenco te dice: 'qué *age* tiene', te da *chamba*, pero como te diga: 'qué *age*' solo, sin el tiene cerrando la frase, uf, es como si te llamara con chufla *empajillao*. ¿Tú me *entiende* a mí?».

El *ángel* tiene mucho de destino; es como la suerte, el karma que arrastra cada uno. Yo esa noche tuve mucho ángel.

El defensa central, Arturo Torregrosa, estaba concentrado esos días con la Selección nacional de fútbol; eran los días previos al partido que tenía el combinado azteca con la Selección de Estados Unidos. Todos metidos en un hotel, entrenando, controlados, sin distracciones. Pero, lo que todos sabíamos: que esos potros salvajes se desbocaban por la noche cuando los daban por acostados, planchando la oreja. La sala de fiestas del hotel que habitualmente cerraba a la una ahora aguantaba abierta hasta las tres de la mañana cuando estaban convocados los jugadores mexicas; a su alrededor se arremolinaban hordas de lobas buscando una noche de gloria que las catapultara al famoseo cutre de sobremesa televisiva, cada cual con el vestido más apretado y más corto. Caza mayor.

Ahí estaba yo, observando. Te explico. Si te fijas bien, todos los futbolistas visten igual: zapatillas de deporte, pantalones vaqueros rotos, camisetas, mariconera o bolso de mano. Van muy enjoyados, tatuados de cuello a muñeca, corte de pelo de maquinilla y gorra, todo de marca y muy caro, clónicos, uniformados, y si en campo les ves tan rectos y vigorosos, en directo están todos caídos de hombros; es como si la vida los desarmara y toda esa fuerza desapareciera para convertirlos en vulnerables. A primera vista son como dioses tiernos, que diría mi padre: «les falta un hervor».

Ahí estaban todos juntos, dejando el hueco justo para que se sentara alguna a la que decirle cualquier tontería al oído. No tenían mucha pinta de tener conversaciones sesudas; creo que hablan mucho de vídeojuegos y coches deportivos, descapotables, que estos no han sujetado un libro en su vida y lo más cerca que han estado de una hoja de papel ha sido para mirar, que no leer, el Sports Illustrated. Alguno tiene cara que ni de eso, de celulosa; solo han tocado el papel higiénico.

Dicen que los hombres son menos selectivos que las mujeres a la hora de la búsqueda de pareja para procrear. Yo creo que a nosotras nos gusta mucho la voz, que no escuchar, la voz y que nos escuchen en silencio pero atentos a lo que decimos. Nos gustan los detalles.

Entró Arturo Torregrosa, el capitán de la Selección, rodeado de una camada de iguales. Todos ellos tatuados, con camisetas con marcas cubriendo sus pechos musculados y dorados relojes reluciendo en sus muñecas. Eran seis que entraban levantando miradas y con la seguridad que da el ser reconocido y tener una cuenta poderosa en el banco. En el grupo estaba Benito Morete, la Flecha verde, el marido de Julia.

El que destacaba era Torregrosa, el macho alfa; los demás eran gregarios en la jauría. Entre lobos, el alfa no es el que da órdenes; es al que se le antoja la presa y los demás lo siguen sin discutir. Se sentaron donde él eligió; pidió una botella de Don Pérignon rosé y seis copas; nadie escogió otra cosa. Sobre la cuadrilla comenzó a sobrevolar un grupito de féminas ofreciéndose como trofeo sexual. Me fijé en una; tenía cara de niña malcriada, rebelde en busca de alguna causa, una inocente con rostro de ángel que desconocía el juego de los lobos.

Pasó una hora; Arturo dio un último trago al burbujeante líquido rosado y decidió que aquella exhibición había terminado. El capitán del equipo miró a algunos de sus adláteres y señaló a la joven inocente con un gesto mínimo de la cabeza. El alfa había elegido a su presa. Los seis futbolistas se levantaron bajo la atenta mirada del respetable que abarrotaba el lugar. El lobezno con la encomienda de atraer a la víctima le entregó una tarjeta de una habitación y al oído le susurró el número de una habitación. Leí en sus labios: «en diez minutos». Se fueron. Ella se quedó mirando la tarjeta; se había presentado la oportunidad que creía estar buscando.

Me dirigí al *lobby,* donde la pandilla aguardaba la llegada del ascensor; entraron y las puertas se cerraron. Esperé.

Las mujeres por regla general no soportamos vivir con dos personalidades. Ellos son capaces de ser de una manera y ponerse una capa social, ficticia, que oculta su baja autoestima, una sensibilidad no expresada y una falta de madurez ligada al desarrollo de su miembro.

La joven venía sola a enfrentarse a la invitación, nerviosa por una cita de último minuto con un joven prometedor en el manejo de la pelota. Tenía la tarjeta magnética del hotel en su mano; la apretó y llamó al elevador.

Nuestra sociedad, con sus palabras propicia la admiración por lo masculino, la fuerza, la potencia, y tiende a menospreciar lo femenino, que asocia a lo débil, lo sumiso. Baste recordar que algo bueno es «cojonudo» y algo malo es un «coñazo».

El conflicto del macho se debate entre su veneración por la figura materna y su desprecio a las mujeres por las que se siente atraído sexualmente. Es como si tuviera que elegir entre el amor divino y el mundano desfogue físico, lo animal.

La víctima, inquieta, pulsó el botón de la décima planta. Yo estaba a su lado en el ascensor, las dos rodeadas de espejos. Nos cruzamos las miradas y vi el ángel en sus ojos perdidos, la mirada de una mujer que no entiende lo que busca. Eso nos ha pasado alguna vez a todas.

La joven examinó el pasillo que conducía a la habitación donde la aguardaban; dudó unos instantes pero tomó la decisión. La seguí simulando que iba a una habitación cercana. La muchacha se colocó el vestido y apoyó la tarjeta en el sensor de la manilla; el piloto verde se encendió y ella entró en la habitación oscura.

Silencio.

«Nos están desapareciendo», es el grito que muchas mujeres de Hispanoamérica están coreando para combatir los crímenes de género, los feminicidios y las violaciones que las asolan. Solo en México, seis de cada diez mujeres se han enfrentado a incidentes de violencia sexual en su vida; muchas han sido violentadas contra su voluntad y, lo que es terrible, nueve son asesinadas cada día en el territorio de la bandera verde, blanca y roja con el escudo del águila sujetando a la serpiente. Hay gente que cree que la serpiente es una mujer.

–¡*Aaaaah!*

Escuché el primer grito y no esperé; golpeé la puerta con todas mis fuerzas y la eché abajo.

La habitación estaba en semioscuridad. Seis hombres se arremolinaban alrededor de una cama grande donde la presa, indefensa, estaba siendo sujetada contra su voluntad. En la penumbra, la manada se había convertido en una jauría sorprendida, inmóviles, descubiertos en su juego íntimo. Todas las miradas se dirigieron al alfa. Arturo Torregrosa me miraba con curiosidad, seguro y sonriente. Yo no podía matarlo en ese momento.

Agarré la mano de la chica y tiré de ella. Los lobos enseñaban sus dientes. Les había quitado la presa pero no el apetito.

Benito Morete estaba junto a la cama con los pantalones bajados, preparado. Me miró; estoy segura de que me reconoció, me había visto días antes saliendo de su casa en compañía de su esposa.

Salimos corriendo por el pasillo, sin darnos la vuelta, sin mirar atrás. Llamé al ascensor. Bajamos sin hablarnos. La muchacha, en estado de *shock*, temblaba.

Le pedí un Uber en la puerta del hotel, subió llorando y me miró dándome las gracias. Me fui a mi hotel; necesitaba descansar, se me había hecho tarde para llamar a casa; son dos horas de diferencia con L.A.

La estatua del Ángel, el Monumento a la Independencia, se encuentra en una glorieta de Ciudad de México en la confluencia de tres calles: Paseo de la Reforma,

Río Tíber y Florencia. Este icono cultural de la inmensa y poderosa urbe es el escenario de las manifestaciones donde miles de mexicanas claman por el final del feminicidio, la lacra que asola el país azteca. ¡Qué país maravilloso es México, qué extraordinario será cuando acabe con ese machismo y esa violencia gratuita contra las mujeres que lo atenaza y destroza!

En la habitación del hotel, mirando la inmensidad de esta ciudad, me vino a la mente aquella canción:

> *En su guitarra cantando*
> *se pasa noches enteras*
> *hombre y guitarra llorando*
> *a la luz de las estrellas.*
> *Después se pierde en la noche*
> *y aunque la noche es muy bella*
> *él va pidiéndole a Dios*
> *que se lo lleve con ella.*
> *La quería más que a su vida*
> *y la perdió para siempre*
> *por eso lleva una herida*
> *por eso busca la muerte*
> *por eso lleva una herida*
> *por eso busca la muerte.*
> *Ay ay ay...*

V. JUERGA

Vamos a dar las palmas,
vamos con la canción,
el baile, las bulerías.
Dale ritmo a ese cajón,
que la guitarra se anima
y se suma el guitarrón.
Los corridos ya se mezclan
con el flamenco español,
y los mariachis lo cantan
con trompeta en si bemol.
Comienza la juerga de fuego,
el estadio se llenó
que cuando suena el silbato
las balas no marcan gol.

Llegados a estas alturas y en vista de como se estaba poniendo la cosa decidí ir a armarme.

El lugar que había sido un antiguo almacén tequilero ahora era un *ring* para duelos, mano a mano, máscara contra cabellera, lo que viene a ser la lucha libre; en América lo llamamos *wrestling*. Gana el que mantenga la espalda del rival tres segundos sobre la lona mientras el árbitro del combate cuenta dando palmadas sobre la lona. Estaba abarrotado de hombres que hacían sus apuestas en peleas que suelen estar amañadas. Me dirigí al fondo, atravesando la muchedumbre enfervorecida que gritaba los nombres de los púgiles y los consabidos «mátalo» y «acaba con él». Me esperaba junto a la puerta un tipo más bien pequeño y enjuto que iba vestido de blanco con una máscara roja puesta; que yo me quedé mirándolo con un poco de guasa, que mi padre llega a estar y se ensaña con el hombre diciéndole que parece un fósforo, o que en San Fermín el pañuelo se coloca en el cuello y no en la cabeza; vamos, que el individuo no tenía ni media torta, digo; aquí les llaman *chaparritos*.

–Vengo a por armamento.

–No hay pedo –me dijo.

El «pedo» en México puede ser bien un problema o una borrachera; si te dicen que no hay, pues es que no es complicado conseguir un arma; aquí, como en mi país, las armas abundan. Me hizo un gesto y entré.

La habitación tenía las paredes llenas de fotos de los más grandes luchadores enmascarados: Atlantis, Último Dragón, Averno, Máscara Sagrada, Arcángel, Tinieblas, Blue Demon, y en el centro de todos el retrato del más notable, Santo, el enmascarado de plata, el mito mexicano por excelencia. No entenderás a un mexicano si no conoces a este corpulento vengador oculto tras una careta brillante y mallas ajustadas.

El pequeño hombre de la máscara grana abrió un maletón que estaba sobre la mesa; nada que ver este tipo con Santo.

–Ándale, solo la mejor merca, *güerita*.

Aquello estaba lleno de revólveres de todos los modelos y tamaños. Había Holeks 38, alguna 32 de S&W, 380 Alfas y 841. Elegí un 38 especial, seis disparos, cañón largo, que estaba en buen estado. Me llevé una caja de treinta balas, pagué con billetes de dólar y me fui con el arma en un costado y la munición en los bolsillos de la cazadora. El hombre canijo de la cabeza cubierta de rojo se quedó contando la guita.

Cuando salí de la habitación, seguía la lucha en el cuadrilátero. Aquella era una juerga muy masculina; ante el clamor del público, mayoritariamente varonil, un enmascarado le arrancaba la cabellera negra, que es como llaman a la máscara aquí, a su oponente inmovilizado en la lona.

Dejé la jarana de testosterona y me fui en Uber a la mansión de Julia Entrepinos. Tenía unas cuantas cosas que hablar con ella. Mi intervención de la noche ante la cuadrilla futbolística donde estaba «la Flecha verde» había acabado con la juerga de machos anterior al encuentro de fútbol; Benito me había reconocido, estaba segura.

Una *juerga* es una reunión, una fiesta de flamencos improvisada donde los efectos del alcohol contagian el cante y el baile de los palos más alegres, los tangos y las bulerías. Muchas palmas, bailes sin complejos e improvisaciones.

Miré a los lados; ahí había dos vehículos que parecían dispuestos para su uso. Llamé al timbre aunque la puerta de la casa estaba entreabierta. No contestaba nadie. La empujé ligeramente y miré dentro. Nada.

Normalmente no me meto en líos con eso de entrar en casa ajena, pero estaba allí y no me iba a dar la vuelta. Pregunté un par de veces en voz alta eso de «¿hay alguien en casa?». Nada.

Pasé al salón, todo impecable. Mi vista se fue al retrato que me había mostrado Julia cuando estuve reunida con ella; su marido estaba estrechando la mano de Marco Antonio Cruz, el presidente, vestido de mariachi, al que había sepultado en la obra de su nuevo estadio. Me acerqué a la repisa donde estaba la foto y entonces lo vi, esquinado y un poco desenfocado; allí estaba la foto de Arturo Torregrosa. Parecía que el tipo andaba metido en todos los saraos. En ese sitio ordenado, milimétrico, definitivamente no había nadie.

Me dirigía a la salida cuando un resplandor llamó mi atención. Era una pequeña cadena de oro con una flecha. Me agaché a recogerla del suelo; recordaba haberla visto en el cuello de Julia Entrepinos. Era su cadena. El broche estaba roto y la gargantilla estaba tirada como si hubiera sido arrancada en un forcejeo. Entonces noté que algunos elementos del salón no estaban exactamente en su sitio. Julia era una de esas mujeres maniáticas, meticulosas, anti ácaros y anti huellas, de esas que te hacen descalzar o te invitan a que te pongas unas gamuzas desechables encima de los zapatos para que entres en su casa. Obsesivas las hay. Vamos que si las hay; te lo digo yo que conozco a alguna.

La sensación que tenía era la de que alguien había entrado allí y se había llevado contra su voluntad a la mujer después de un pequeño forcejeo. «Espero que siga viva. Lo que es seguro es que si está viva, la tienen amordazada; no sería de extrañar dada su verborrea», pensé. Aquello no había sido una *juerga*.

Salí de la casa y me llevé el collar de eslabones de oro que había encontrado. Sabía dónde tenía que buscar si no quería perder el tiempo.

Ese día era el partido de fútbol entre el combinado mexicano y el de los Estados Unidos, mi equipo.

Volví al hotel de la concentración del equipo de la camiseta verde. Me imaginé que estarían todos en el Estadio Azteca y había una planta que quería volver a visitar: la décima.

Entré por el muelle de carga del establecimiento hotelero, tranquila. Todo México estaba viendo el partido de su Selección y el país se iba a paralizar dos horas. En una salita cerca de la entrada se escuchaban los gritos de ánimo de un pequeño grupo de empleados; estaba dando comienzo el partido. Miré la pantalla; empezaba el minuto de silencio por el fallecimiento de Marco Antonio Cruz. La voz del comentarista televisivo explicaba el fatal accidente del popular directivo cuando visitaba las obras del nuevo estadio chilango. Accedí a un cuarto donde se cambiaban las mujeres; vi que de una percha colgaba un *lanyard* olvidado con una tarjeta blanca que supuse era una llave maestra para abrir las habitaciones y me lo colgué al cuello. Tomé el ascensor de servicio; en ese tiempo aproveché para cargar el revólver. Saqué la varilla y el tambor y lo rellené de munición; devolví el arma a mi cintura, sujeta por la cintura del pantalón y la tapé sacándome la camiseta por fuera; era un «por si acaso». Que fue abrirse la puerta de la planta diez y yo empezar a darle vueltas al tema de la mamografía, que en tres días tenía los resultados y quería estar en casa para ir a la consulta. ¡Mira que si me habían descubierto algo con los rayos X! Paso que daba, más me iba poniendo de los nervios, farruca, inquieta yo sola.

La habitación 1007 estaba sellada; la puerta seguía reventada por la patada que le había dado y le habían puesto un plástico para impedir el acceso. Acerqué la oreja a la puerta siguiente; en silencio, golpeé con los nudillos para cerciorarme de si había alguien; «servicio de habitaciones», dije. No contestó nadie. Pasé la tarjeta por la ranura magnética y se encendió el piloto verde. Entré.

Era la habitación de un hombre, desordenada, que las mujeres también lo somos pero tiramos las cosas en la cama, no en el suelo. Bueno, ya estaba dentro. Tomé el teléfono y apreté el botón del *room service;* contestó la voz de un hombre:

–Servicio de habitaciones.

–Aquí, de la habitación 1009. Me trae una ensalada y una botella de vino blanco, *pinot noir*; le llamo desde la *suite* del señor Torregrosa.

El hombre tardó en reaccionar; seguro que estaba viendo el partido.

–Pero la habitación del señor Torregrosa es la 1013.

–Y perdón, claro; ya no sé ni en qué habitación me levanto, tantos que he cogido. Menos mal que están jugando ahora, que si no me estaban cogiendo seguro. Ándale que tengo hambre y debo reponer fuerzas para cuando acabe el encuentro. A propósito, ¿cómo va el marcador?

El hombre tardó en responder, estaría patidifuso.

–Van cero a cero, empate.

Colgué sin esperar más contestación. Salí de la 1009 y me dirigí a la habitación 1013.

Pegué la oreja a la puerta, se escuchaba ruido. Era la retransmisión del partido y alguien lo estaba viendo en la habitación de un jugador que debería estar vacía. Golpeé con el puño dos veces y dije: «servicio de habitaciones». Escuché un ruido; alguien se acercaba a la puerta. Esta se entreabrió y se asomó un hombre; que ni que decir tiene, no era Arturo Torregrosa.

–¿Qué onda? –dijo el hombre a modo de saludo.

—Soy la encargada de calidad del hotel; quería saber si todo está correcto.

—Ahorita estoy muy ocupado.

—Son solo unas preguntitas de nada.

—¡Ya *chole*!, venga en otro momento.

El hombre iba a cerrar la puerta; metí el pie y empujé mientras desenfundaba. Puse el cañón pegadito a su sien.

—Pinche, cabrona, no mames.

Nos metimos en la habitación. En la televisión el partido de fútbol, sobre la cama Julia Entrepinos amordazada; no podía ser de otra forma. Yo seguía apuntando al tipo en el instante en que los tres vimos el pase a Benito Morete que se abalanzaba sobre el área; el remate de cabeza de la Flecha verde se convertía en gol.

—¡Gooool! —gritó el hombre encañonado.

Mi equipo iba perdiendo.

¿Qué hice? Pues darle un golpe con la culata de la pistola en la cabeza al hincha de los aztecas y dejarle desmayado; luego ayudé a Julia a levantarse de la cama, que tenía el rímel corrido de tanto llorar y nos fuimos por donde habíamos venido. Ella en *shock*; hablaba poco, monosílabos. Menos mal, pobre mujer.

Intenté pedir un Uber; me dieron diez minutos para la llegada del conductor. Resultó ser conductora; a saber, todos los hombres estaban viendo el partido de fútbol. En el auto le devolví a Julia la gargantilla de oro; íbamos camino de su casa. Le hizo mucha ilusión y se la puso.

–¿Bueno? Debemos ser las tres únicas mexicanas que no están pendiente del encuentro –dijo la conductora después de ver las caritas que teníamos a las dos, para agradar más que nada.

–A huevo –contestó Julia con media sonrisa, y añadió, animándose–, que en este país se arma un pedo cada vez que hay partido.

–Pues yo estoy con otras cosas en la cabeza –dije distraída.

Miré por el cristal del auto la atestada calle; estaba obsesionada con el tema de la mamografía.

–No mames, ¿nos vas a contar o qué? –Julia estaba volviendo a ejercitar la lengua.

–Dale, que es para hoy –la conductora de Uber estaba ansiosa por charlar también; un diálogo de mujeres a tres bandas.

–Nada, que me he hecho una mamografía y estoy esperando los resultados –dije.

Que las mujeres somos mucho de contarnos las cosas, sacarlas, que no verás a dos hombres nunca hablando de que si a uno le han hecho un tacto rectal en el urólogo, de lo más normal; pero no, ellos no hablan de las cosas verdaderamente importantes, y si lo hacen es para burlarse, para hacer chistes de los que «batean por la izquierda», que es como llaman en México a los homosexuales; también dicen «les truena la reversa», uf.

–Primero, bájale los huevos; es normal estar preocupada. Yo me hice una mamografía hace unos meses y la neta si parí chayotes, y claro que me asustó el que luego el doctor pidiera ultrasonido, que me chocó tanta prueba; es verdad que estoy lo que se dice *chichona*. Y yo en pleno ataque de nervios se lo cuento a mi esposo, a Benito, y le platico que estoy muy apurada, ¿y sabéis qué me contestó?: «No te preocupes, Julia; eso es normal para todas las mujeres». Me quedé de a seis; mi propio marido quitándole importancia y yo tan preocupada. Cabrón; «normal para todas las mujeres», dijo...

La conductora de Uber me miró horrorizada por el espejo retrovisor. La mujer del futbolista estaba saliendo de su letargo y ahí no íbamos a meter baza ninguna de las dos. Era un *puritito* monólogo mexicano. Yo seguí con mi reconcome.

Íbamos a casa de Benito Morete y Julia Entrepinos; estaba segura de que cuando terminara el encuentro de balompié tendríamos visita; comenzaría la juerga. Sentí el revólver clavándose en mi costado. Estaba preparada para terminar lo que había empezado.

Subí a la sala del crimen
le pregunté al presidente:
que si es delito el quererte,
que me sentencien a muerte.
Ay, ay corazón por qué no amas.

VI. PETENERA

Ya sabes que no te quiero,
estoy esperando aquí
con la pistola en la mano
y seis balas para ti,
para matar un chilango.
Ya lo dice la canción:
el día en que a mí me maten,
que sea de cinco balazos
y estar cerquita de ti,
para morir en tus brazos.
Que yo me guardo la sexta
para finalizar la fiesta.

Cuando llegamos a la mansión, la conductora de Uber me miró con pena, solidaria; ella se iba encantada pero a mí me dejaba con Julia Entrepinos, que estaba con la lengua seca, desbocada. Entramos y le pedí que se fuera a dar una ducha; habían sido muchas horas de secuestro. Me dijo que Benito no solía regresar a casa después de un partido; prefería quedarse en el hotel y venir descansado al día siguiente sobre las doce. Si yo te contara, pensé, de los descansos con los pantalones bajados de tu marido; que yo le he visto con estos ojitos que Dios me ha dado. No era el momento.

Sinceramente creo que si no hubiera aparecido yo en esa habitación 1013, Arturo y sus compinches le habrían sacado dinero al famoso marido con un rescate y luego la habrían callado para siempre. Julia Entrepinos estaría muerta.

Fue a cambiarse con la promesa de que volvería pronto; le dije que estuviera tranquila y se tomara su tiempo. Yo me fui a la sala donde había una televisión; quería ver cómo iba el encuentro. Junto al monitor estaba la lámpara cuyo mástil era una flecha dorada, una cosa de un gusto reprobable; me imagino que Julia tendría que ceder para colocar semejante engendro hortera en una casa, que como lámpara no sé si iluminaba pero te digo que se veía mucho; era como una lanza con una bombilla grande en la punta, uf. Encendí la tele. Faltaban apenas cinco minutos para que se cumplieran los noventa minutos; iban empatados a un tanto. El comentarista se desgañitaba histérico como si estuviera retransmitiendo un apocalipsis zombi; el fin del mundo parecía.

—*Quedan apenas unos minutos; la honra azteca está en juego contra los vecinos del norte... Laredo la agarra, da el paso a Benito Morete, la Flecha verde... se interna en el área... Williams lo arrolla... Ha caído BM7, ha caído... ha caído. Es penal... un penal para la Historia. El defensa gringo se pasó de lanza y derribó a la estrella mexicana... ¡Si hacemos gol, México gana!*

El árbitro había señalado el punto fatídico. Benito tomó el balón pero, corriendo a trote, Arturo Torregrosa llegó por detrás y le pidió el esférico. Benito se lo ofreció sin rechistar.

—¡Qué generosidad la de la Flecha verde; nuestro siete le cede el honor al capitán de los aztecas! Esto es un equipazo... Nos hemos quedamos a seis cuando Morete ha cedido la pelota para que Torregrosa asuma la responsabilidad del desafío, la hazaña del campeón.

Arturo situó la bola para ejecutar el penalti, dio tres pasos para atrás y se arrojó a golpear el balón con su pierna diestra.

¡*Zassp*!

La pelota salió desviada, alta y a la derecha. El estadio enmudeció.

–¡*Balconazo* de Arturito! ¡Peor no se puede lanzar un penal entre los tres palos!... Mandó el balón a donde las palomas hacen sus nidos, Arturito nos hundió la marrana y se comió el cuero enterito hasta las pepitas; no merece estar en la Selección.

De héroe a villano en segundos; pasó de Arturo a Arturito, y eso que en México el diminutivo se utiliza de forma cariñosa, pero en boca del comentarista de televisión el «ito» final sonaba a cachete en el cogote. Había terminado el partido con empate a un tanto y la gente chillaba el resultado mentando madre, en especial a la de Arturo Torregrosa; la mujer salía muy mal parada, valga el chiste fácil. Así es el fútbol, que en mi país llamamos *soccer*: si ganas eres el mejor, si pierdes estás muerto.

Dejé puesta la tele; estaban entrevistando a Benito Morete. Yo me parto con las entrevistas a los futbolistas después de un encuentro, y antes. Se puede decir tan poco con tantas palabras; en este sector del juego de piernas abunda el «garrulismo».

–Hemos hecho un buen encuentro, ha sido un partido muy luchado y hemos tenido mala suerte en ese penal. Sin duda podríamos haber ganado; otra vez será... Sí, bueno, quedan muchos partidos para levantar al equipo.

Nada de interés. Les falta lectura; que digo yo que si te dicen que estás gordita pues te pones a régimen, pero a estos tipos les llaman ignorantes y no pillan un libro ni muertos.

Dejé la televisión puesta; quería ver si entrevistaban a Arturo Torregrosa, el gran fiasco del partido con ese tanto que había fallado en el último minuto. Llamé a mi padre para ver cómo estaban las cosas; si todo iba como era de esperar mañana estaría de regreso en Los Ángeles.

–Hola, quilla, ¿cómo te va a ti por ahí? Aquí estoy con la Encarna, que la niña tiene más facilidad con la guitarra que un perro mordiendo un hueso, que como dicen los «Juancojones»: «Qué sueño y qué flojera, *ojú*, me están entrando a mí... Como yo me acueste no me levanto ni *pa* dormir». Que ya la estoy viendo de estrella. Te la paso a la artista.

–*Hi mom, Grandpa is showing me how to play peteneras.*

–Hola mi vida, *¿peteneras?* Pero eso es muy difícil. Mañana sin falta vuelvo a tu lado y bailamos juntas por bulerías.

–*Ok, see you tomorrow.*

Regresó mi padre.

–Papá, enséñale a la niña cosas más fáciles, las *peteneras* son complicadas.

–No te preocupes, quilla, estoy *aberruntando* con ella *tos* los palos del flamenco; que tiemble en su tumba Paco de Lucía, un *mostruo* era el tipo, que viene Encarna, «el Ángel de Torrance», que ya lo he hablado con la niña para que sea su nombre artístico.

–¿El Ángel de Torrance?

–*No ni na*, también habíamos *pensao* en «la Langosta»; Encarna Hoover, «la Langosta», por aquello de «el Cigala» y «Camarón de la isla», que ya *sabe* tú la importancia del apodo en la fauna flamenca: José, «el Mono»; María, «la Coneja»; Rafael, «el Gallina»; Manolo, «el Caracol»; *ojú*, está el zoo *pillao* entero por los gitanos. Lo de «la Langosta», *lobster*, a la niña no le ha *gustao* y el otro marisco del Pacífico disponible para apodo es el ostión y también está descartado, ¿entiendes?

–Vale, vale, ya lo hablamos. ¿Cómo le va a Amparo con las clases?

–*Mu* bien, *toas* las mujeres y el Arnie ese, el nuevo, están encantados, que ella les hace bailar *mu despatarrás*; que si lo ve un flamenco puro le da un patatús, que solo les falta que suene la gaita esa, con los *soplíos* que dan las pobres mujeres.

–Te dejo, papá, estoy en medio de un follón, luego te llamo.

–Eres una bullita.

Le colgué. En la televisión estaban entrevistando a un jugador de la Selección; era el joven que la noche anterior había entregado la tarjeta de la habitación a la chica que se estaba buscando a sí misma en el lugar equivocado. Detrás de él se veía la salida del vestuario de los jugadores; Arturo Torregrosa hablaba tras él con su teléfono, ajeno a la entrevista. El capitán del equipo centraba toda mi atención; se notaba que estaba enfadado. Leí en sus labios: «*¿Cómo? ¿Quién ha sido?*». Miró de reojo a la cámara y salió de su campo visual. Había declinado dar entrevistas esa noche. Tocaba esperar y tener un plan para cuando llegara a por nosotras dos, y además sabía que no iba a venir solo. El lobo siempre necesita una manada. Apagué la televisión.

Regresó Julia. Se había puesto unos *jeans* y una camiseta de Shasa, lo más *cool* de México.

–Voy por una botanita; ¿te gusta de tocho? No tardo, disfruta del cantón.

Se fue a la cocina a preparar algo para comer; estábamos desfallecidas.

La *petenera* es un palo del flamenco de origen mexicano, y tiene ese nombre por la localidad gaditana de Paterna de Rivera. Encontramos *peteneras* en los antiguos sones veracruzanos con la misma rueda armónica en su acompañamiento. Esta melodía se hizo muy popular en todos los teatros de España a principios del siglo XIX, pero fue Pastora Pavón, «La Niña de los Peines», la que le dio fama mundial. Ella fue la primera artista flamenca que distribuyó discos en Norteamérica.

> *Petenera, petenera.*
> *Petenera, desde mi cuna.*
> *Mi madre me dijo a solas*
> *que amara nomás a una.*

La *petenera* tiene un compás aflamencado, ahora más lento, pero igual que el de la *guajira* en sus comienzos. Es cante con copla de cuatro versos octosílabos; algunos de ellos se convierten casi siempre en seis.

Una vela se consume
a fuerza de tanto arder.
Una vela se consume
A fuerza de tanto arder.

La métrica es seis por ocho más tres por cuatro, también llamada amalgama, el compás de *peteneras*, que puede ser cantada con ritmo fijo o de manera más libre.

Así se consume mi alma
por una ingrata mujer.
Así se consume mi alma
por una ingrata mujer.

Es un palo en tono menor, raro, con esa cadencia andaluza que lo arma todo en modo flamenco. La *petenera* es un cante que contiene todas las esencias de la música andaluza.

Petenera, petenera.
Petenera, desde mi cuna;
por qué no sales a verme
en esta noche de luna.

La *petenera*, junto a las *seguidillas* y las *sevillanas*, eran los bailes más populares del flamenco de hace dos siglos. La llamada *petenera chica* es la que se canta para ser bailada.

Ay, soledad, soledad.
Qué soledad y qué pena.
Aquí termino cantando
versos de la petenera.

Había anochecido. Me asomé a las ventanas; comprobación. El único sitio por el que se podía entrar en la casa era por la puerta principal; había otra puerta de servicio pero permanecía enrejada. Tenía que pensar cómo iba a actuar cuando llegaran Arturo y sus compinches, que además estaría muy enfadado por el resultado del partido y por el penalti que había fallado. Me fui a la entrada y medí con pasos todos los posibles caminos. La idea que me vino a la mente era sencilla: todos los insectos se sienten atraídos por la luz, y creo que los lobos también. Me acerqué a la cocina y le di un par de bocados a un taco que estaba preparando Julia; no me gusta tener el estómago cargado antes del baile, lo que viene a ser en México un poco de vitamina T: tacos, tortas, tamales y tostadas.

Le conté a Julia el plan; necesitaba su ayuda con el cuadro de luces para la representación. Saqué el arma; la comprobé haciendo girar el tambor hasta amartillarla, muy Clint Eastwood. Volví al salón y encendí todas las luces de la casa, luego le pedí a Julia que fuera desconectándolo todo desde la sala de fusibles; solo dejamos encendida la lámpara horrenda de la flecha dorada con la bombilla grande. La casa quedó a oscuras y Julia se quedó esperando mi señal, mi grito, junto a la parrilla de interruptores de la casa. Yo me fui a donde nadie me iba a esperar. Salí de la casa y dejé la puerta abierta invitando a entrar. Estaba segura de que los que fueran a venir no tardarían en llegar.

Te tengo que decir que el baile y el cante por *peteneras* tienen mal fario para los gitanos. Te explico. Que se toca madera antes de arrancarse; dicen que da gafe. No lo creo, que recuerdo a mi padre cantando a Antonio Murciano con aquellos versos de:

> *No digas que trae mal fario*
> *el cantar por peteneras.*
> *Di mejor que es de valientes*
> *y de mujeres de bandera.*
> *Y las cantan como nadie*
> *en Paterna de Rivera.*

Yo, por si acaso, puse la mano en el tronco de un árbol. Había un silencio absoluto.

El coche grande y oscuro se detuvo en la puerta y el conductor apagó las luces de los faros. Una farola iluminaba el lugar. Se bajaron cinco hombres; distinguí rápido al tipo al que había golpeado en la habitación del hotel; también vi la silueta de Arturo Torregrosa. Todos fueron hacia la puerta que estaba abierta. El macho alfa asintió y los cinco hombres sacaron sus armas. Entraron; tal y como pensé, los cinco caminando hacia la luz, como los insectos, en hilera. Apuntaban a todos lados menos a la espalda, normal. Yo me acerqué a su encuentro y ni se percataron. ¿Cómo son los tíos? Que les falta imaginación; que iban como borregos sin mirar atrás. Todos en el salón menos uno, que se quedó más cerca de la puerta. Es el tipo que conozco del hotel. Yo me pongo a su espalda y le digo, colocando el revólver en su cabeza, muy bajito:

–¿Quieres responderme ahora a las preguntas? Tira el arma sobre la alfombra.

El hombre dejó caer la semiautomática y levantó las manos; era la segunda vez que le pillaba *in fraganti*.

–Baja las manos y camina.

Entré tras el hombre y cuando llegamos al salón, bajo el marco de la entrada, grité:

–¡Olé!

La señal. Una balacera se descargó en unos segundos sobre el cuerpo de aquel desgraciado. Julia comenzó su labor lumínica al ritmo de *peteneras*, que se iluminaba algo y se apagaba otra, que los cuatro que quedaban estaban tan desconcertados que se apuntaban entre ellos y alguna bala perdida salió de aquellas armas que iban malgastando su munición, despilfarradas. Yo conservaba mis seis balas intactas, que me puse detrás de otro como una sombra y también lo alcanzaron tres balas amigas. Aquello ya parecía lo de «déjalos que se maten entre ellos», que decían las madres cuando se pelean los hermanos. Me tiré por detrás del sofá mientras los disparos arreciaban a mi alrededor. Seguía el juego de luces de Julia, que tenía alma de *disc-jockey*, que ahora los llaman *DJ*; claro, como no hay vinilos... Aunque, como diría Amparo, «haberlos haylos».

¡Bang!

Disparé la primera, que le dio en el corazón al más grandote de todos; se derrumbó. Tres fuera de combate. Seguía la balacera y el ambiente «*trance*» de las luces, de locos. Giré revolviéndome por el suelo y disparando a un tipo vestido completamente de negro, un malasombra que cayó sobre la mesa. Una bala reventó la bombilla de la lámpara de la flecha que tenía junto a mi cabeza; que pensé: «menos mal, la excusa perfecta para cambiarla». Le estaba cogiendo manía a la dichosa lámpara por minutos, que es que las mujeres cuando nos obsesionamos no hay manera, tú.

Apunté a Arturo Torregrosa; había tenido su oportunidad y había fallado. Esto era un duelo de pistolas y ahora me tocaba a mí. El macho alfa sabía que había llegado su hora. Le disparé a la pistola, que salió volando de su mano. Es que a mí los momentos *western*, ese duelo final, ese último lance, los dos pistoleros enfrentados cara a cara y donde solo puede quedar uno, me han gustado siempre; pero chicas, seamos prácticas: que el enemigo no esté armado me gusta mucho más.

—¡Julia, deja las luces que estamos todos mareados con el trajín que te traes! —le grité a la mujer que estaba en el cuarto de contadores dándole a las palancas arriba y abajo. Esperé unos instantes y apareció Julia Entrepinos mientras yo seguía apuntando a Arturo Torregrosa. Ella que entra y se queda mirando su salón, derecha, izquierda, arriba abajo; descompuesta se quedó.

—¡*Aaaaaah*!

Se puso la mujer a gritar como una posesa, que se le salían los empastes por la boca; me di cuenta de que no gritaba por todos los hombres muertos, no, sino por cómo había quedado el salón tras la balacera. Tan ordenado que ella lo tenía todo. Aquello era un desastre de muy padre y señor mío donde no se había salvado ni un mueble, ni un cuadro, ni la lámpara. Nada había quedado en pie. Ella gritaba histérica, irritada, enajenada, fuera de sí. Yo me fijé en Arturo y el hombre estaba aterrorizado; no ya por estar siendo apuntado por mi revólver, sino por los gritos de la mexicana a quien le había destrozado el salón con su cuadrilla de forajidos. Tengo una amiga en Los Ángeles que es así: como le toques su salón te la ganas.

Julia Entrepinos se agachó, cogió un arma del tipo de negro y comenzó a dispararle al futbolista hasta que se terminó el cargador. Natural; cómo le habían dejado el salón, no había derecho. Que mis disparos fueron todos certeros y yo no rompí nada, a lo más arrugué la alfombra cuando me tiré al suelo. Si Julia llega a saber la que se iba a armar, y aunque le fuera la vida en ello, no nos deja montar esa juerga en su casa. Estaba caliente la mujer, lo que se dice: «no tenía el *shosho pa* ruidos».

—Estos ya chuparon faro. De a tiro la friegan, cabrones; eso se ganan por madrear mi sala.

—Tenemos que sacar a estos cinco de aquí.

—Me vale un reverendo cacahuete lo que hagamos con ellos, hazme el paro.

Yo tenía una idea de dónde ir a tirarlos. Y ahí nos ves a las dos cargando puros machotes con bigotes y metiéndoles amontonados en el carro en el que habían venido, que parecía que iban de parranda, no más, que sentados parecía que estaban hasta las chanclas, que estaban bien pedos, hasta las manitas, tirando barra, borrachos. Eran pesos muertos. En el trayecto hablamos poco, que había mucho olor a macho desaparecido.

—¿Sabes cómo han quedado?

—Empate a un tanto —respondí señalando con el pulgar el asiento trasero—, este falló un penalti.

Miró Julia, que conducía, por el espejo retrovisor al defensa central de la Selección.

—Ya te las pelaste, chingón —dijo mirando a Arturo Torregrosa, como si el lobo estuviera aún vivo.

Julia Entrepinos había salido por *peteneras. Salirse por peteneras* significa hacer o decir algo fuera de contexto. Ante una pregunta, responder lo que a uno le viene en gana. Es hacer algo inesperado, como hablarle a un muerto. Si la dejo, Julia le sigue dando la murga al hombre que ya no podía responder.

Existió «La Petenera», una mujer muy bella, famosa cantante de flamenco, y se ve que cuando se aburría con el rollo que le estaba dando algún pesado se ponía a cantar alegremente; era el modo que tenía la mujer de irse. Murió joven, nadie sabe por qué, es un misterio la historia. La leyenda habla de la muerte de «La Petenera» mezclando a veces los celos, otras la venganza y también los aceros afilados de las navajas; que la sabiduría gitana la guarda bajo siete llaves en la jácara de la «bola verde», que es como se le dice en calé a la muerte.

No vale nada la vida,
la vida no vale nada.
Comienza siempre llorando
y así, llorando, se acaba;
por eso es que en este mundo
la vida no vale nada.

José Alfredo Jiménez

VII. SEXTA

85

El árbitro pitó el final
y los jugadores cansados
hacen el paseíllo triunfal.
Son ya dioses que han cambiado
la montaña del Olimpo
por el césped artificial.

Yo desde fuera le indicaba a Julia que acercase todo lo posible el auto al borde del socavón.

–Alto, ahí está bien.

La mujer apagó el motor, quitó la marcha y no tiró de la palanca del freno de mano. Salió del auto y entre las dos lo empujamos lo justo para que se precipitara diez metros contra el fondo de tierra; una caída sobre la base del que sería uno de los sesenta pilares del nuevo estadio de fútbol. Estaba todo preparado para verter el hormigón. Puse en marcha la hormigonera y comenzó a salir la masa gris que cubrió poco a poco el auto y a sus cinco ocupantes finiquitados.

Hice cuentas: vine a por uno, luego resultaron ser dos y terminaron siendo seis. Así es México, que cuando empiezas no sabes cómo y con quién va a terminar la cosa.

La *sexta* es una copla de seis versos, con una distancia de seis grados de do a la. En el sexto se añaden los acordes flamencos, como ocurre en la *taranta*. Seis también son las balas que tiene un revólver.

Era muy tarde y pedimos un Uber para regresar a la casa de Julia y Benito. Otra vez no había un solo carro disponible; «carro» es como le dicen por acá al coche. Seguían todos los hombres celebrando el empate, dándole al tequila y poniendo a caldo a Arturo Torregrosa.

¡No os lo vais a creer! Tras quince minutos esperando apareció la misma conductora que en el viaje anterior. Se me quedó mirando horrorizada cuando nos vio a las dos en medio de la noche. No hubo problema; Julia se quedó dormida a las primeras de cambio. Tanta excitación es lo que tiene, que cuando te da el bajonazo de adrenalina estás que te mueres. La conductora y yo nos miramos e hicimos un pacto de miradas femeninas; no íbamos a decir ni mu no fuera que la bella durmiente se levantara con ganas de cháchara; además, la mujer conducía como la seda para que nada enturbiara el sueño de mi parlanchina acompañante. Nos dejó en la puerta y nos despedimos con un guiño, suficiente.

El *albur* es una manera artística de hablar, de utilizar las palabras y sacarles punta con sutileza; puro metalenguaje, ingenio. Así son aquí.

La acompañé a su cuarto; según iba se arrojó y se quedó frita. Yo que vi la cama y me eché a su lado, inspiré profundo y también me quedé dormida.

> *El día que a mí me maten,*
> *que sea de cinco balazos*
> *y estar cerquita de ti,*
> *para morir en tus brazos.*
> *Ay, ay corazón, por qué no amas.*

—¡Julia, ay güey! ¿Qué hace esa puta en nuestra cama?

Benito Morete pegó un grito cuando nos vio a las dos dormidas en el mismo catre, el suyo. Ambas nos miramos, el rímel corrido y los pelos desencajados, que a las mujeres nos da mucha rabia que nos vean con el aspecto de recién levantadas, con ese careto. Julia no tenía ganas de hablar.

—¿Qué hora es? —pregunté ignorando el insulto del hombre de la puerta.

Julia miró su reloj.

—Diez para las doce.

Benito, la Flecha verde, nos miraba enojado y repitió la pregunta que ya habíamos escuchado:

—¿Julia, qué hace esa en nuestra alcoba?

Esta vez había omitido lo de fulana y me había dejado en «esa». Tenía dudas. Yo no había salido corriendo, y creo que me reconoció; yo le había visto a él con los pantalones en los tobillos dos noches antes y además se quedó un rato mirando el revólver que yo portaba en la cintura.

—Estás muy confundido; no hemos echado pata, y como digas otra mamarrachada más esta noche Pancho no cena —Julia le señaló la entrepierna amenazándolo con la abstinencia si seguía por ese camino—. Me choca que vengas así de gritón. Solo estuvimos platicando. ¿Has visto cómo dejó todo tu cuate Arturo? Para matarlo; Arturo, estoy hasta el queque de ese güey. Todo revuelto, el muy *sacatón*.

El marido se estaba arrugando por momentos; su virilidad decrecía según Julia Entrepinos iba despertándose. Preguntó:

—¿Dónde está Arturo?

Las dos nos quedamos mirando.

—¡Chin! El muy pinche se vino aprovechando tu ausencia en la concentración. Vino de abusador para secuestrarme. Y aquí mi amiga Lola me salvó la vida y les dio balacera de respuesta, es neta. Mira cómo dejaron el salón de la casa, dime si no es para rematarlos, güey.

Yo solo entendí el final de la parrafada.

—¿Habéis matado a Arturo? —preguntó Benito.

—Sí —respondimos las dos a la vez.

La Flecha verde se quedó parado y su cara tornó a palidecerse.

Una costumbre muy mexicana es no utilizar la palabra no y decir lo que se ha dado en llamar un cúmulo de mentiras piadosas. La más normal de todas es el *ahorita*; como debes saber no significa en este momento; significa más bien algo que requiere una espera no determinada.

Decidimos bajar los tres al salón. Eran las doce de la mañana; ellos iban delante hablando.

—Ahorita voy —dije.

Me fui al baño a hacer pis. Había tenido la pistola toda la noche pegada a mi piel, me dolía el costado. Me senté; mientras lo hacía me quedé mirando el revólver. «No creo que lo vaya a utilizar más» pensé; lo iba a tirar en cuanto pudiera.

No, todavía no me fiaba de la Flecha verde.

Las horas canónicas dividen el tiempo del día para el rezo. Precisamente fue otro Benito, san Benito, el que impuso el sistema de Oficios; coincidencias de la vida.

El día anterior habíamos tenido las *completas* y ahora íbamos a por la *sexta*; al mediodía, el *Ángelus*. *Ora pro nobis.*

Cuando bajé, el matrimonio estaba discutiendo junto a la lámpara rota de la flecha dorada. Yo tenía el revólver en la mano. Lo miré, apoyé el arma en la mesa y me senté en el sofá acribillado de balazos.

Benito dio dos pasos, agarró el revólver y me apuntó. Lo previsto.

Julia se quedó paralizada y exclamó:

—¡No tienes huevos para balearla! Te crees muy macho con la pistola en la mano, cabrón, qué mal pedo.

—¡Cállate ya! —Lo dijo él, pero yo lo hubiera dicho igual.

—Sí, ahorita, pero no inventes, güey —Julia lo miró con cara de asesina.

—¿Habéis matado a mi compadre?

—Tu amigote la estaba extorsionando, pidiéndole dinero con la complicidad de Marco Antonio —intervine para que Julia se callara.

—¿Marco Antonio también? ¿Fuiste tú? —Me señaló con el arma a la cabeza. BM7 estaba desconcertado, casi lloraba; se estaba enterando de que lo de su amigote presidente no había sido un accidente sino yo—. ¿Dónde están mis compadres?

—En el nuevo estadio, bien enterraditos —dijo Julia—. Me sacaste la sopa.

Benito Morete dejó de apuntarme, encañonó a su esposa y disparó.

Eran las doce en punto.

¡Clac!

El arma no estaba cargada, menos mal. Abrí la mano y le enseñé a Benito dos balas. Haciendo pis la había descargado.

Julia estaba tan colérica que ni hablaba; para que te des cuenta de lo enfadada que debía estar. Repito, Julia no hablaba. Se acercaba una buena, Morete se la había ganado. La mujer ya era tan imparable que agarró la lámpara de la Flecha dorada y con toda su fuerza se la clavó a la Flecha verde en el vientre, calambrazo incluido; que se movió con espasmos, que parecía un turista sufriendo una descarga antes de tomar un tequilazo en la plaza Garibaldi.

—¡Ya te la pelaste, cabrón! —gritó la mexicana con rabia y saña desmedida mirando a Benito desangrándose.

Julia Entrepinos, con ojos de desquiciada, había matado a su segundo hombre en menos de veinticuatro horas; esto es algo que marca mucho. Yo, que lo sé, te lo digo; que a este ritmo me está haciendo la competencia en México a una velocidad de vértigo.

Ya éramos dos mujeres que habíamos acabado con nuestros maridos. Viudas por voluntad propia. Parecía una moda, una tendencia, acabar con el marido de una sin remordimientos, aunque en situaciones límite, eso sí.

Se arrancó el medallón con la flecha del cuello y lo arrojó sobre el cuerpo, todo muy flamenco y trágico. Me miró y dijo solemne:

—Lo que más arrojo me da es que ya no lo van a seleccionar en el Real Madrid, como al Chicharito. Con las ganas que tenía yo de ir a vivir a España.

Me agaché a recoger el arma, el revólver que había sido el cebo de una trampa mortal. Lo miré y pensé: «los lobos no se emparejan para siempre».

—Dame la chusca —me pidió la pistola—, me va a hacer falta aquí y ves que no canto mal rancheras.

Esa misma tarde volví a Los Ángeles, a casa, donde tenía un montón de cosas que hacer. Lo primero, esa misma noche, era bailar en el tablao; también lo de la mamografía y luego lo del sobre con las fotos, la niña, el novio, mi padre, las clases, ¡uf!, qué agobio tengo. Y allí dejé a Julia, que se desharía de su marido esa noche para convertirlo en otro pilar maestro del nuevo estadio de fútbol de Ciudad de México para la eternidad, el sueño de muchos. Ahora los Estados Unidos de México tenían a Julia Entrepinos, la justiciera, contra los *remachotes*; una sicaria ranchera para eliminar a todos lo que no respetasen a las mujeres mexicanas. Se iba a poner las botas; que ella, o te mata a balazos o te destroza los nervios hablando. No sé cuál es la peor de las opciones, la más dolorosa sí.

> *Por caja quiero un sarape,*
> *por cruz mis dobles cananas*
> *y que escriban sobre mi tumba*
> *mi último adiós con mil balas.*
> *Ay, ay, corazón por qué no amas.*

VIII. JALEO

95

Yo me subí a un pino verde
por ver si la divisaba,
to see if I could sight her.
Y solo divisé el polvo
del coche que la llevaba,
of the car that was carrying her.
Anda jaleo, jaleo
ya se acabó el alboroto
y ahora empieza el tiroteo,
and now the shooting begins.

El que quiera entender que entienda. Iba con mi padre; se lo pedí, no se negó. Se lo iba a decir a Luck para que me acompañara pero estaba con el lío de su padre en el hospital y finalmente se lo dije a mi padre. Se ofrecieron Amparo Patiño y Nuria Puig i Castell; hasta Miguelito Azcuna se mostró dispuesto a acompañarme. Son un amor.

Habíamos terminado la actuación en el tablao que Macareno tiene con su socio chino, Xin Lee, en Long Beach, el Flame & Co, y yo les comenté a todos en el camerino que al día siguiente me iban a dar los resultados de la mamografía.

No había parado un minuto desde que llegué; del aeropuerto a casa, pasé para dar un beso a Encarna e irme corriendo a bailar. ¡Qué vida más ajetreada llevo!

En el cuadro flamenco de esta noche éramos seis; estábamos al completo: Macareno, voz y guitarra; la Nuria, la catalana; y Amparo a las palmas. La de Cangas de Morrazo de vez en cuando cantaba; acompañaba más que nada. Menos mal que aquí no hay mucho entendido porque Amparo, que lleva aquí un porrón de años, tiene un acento gallego que tira de espaldas, *pa* verla. También estaba, al cajón, Miguelito, que sigue teniendo esa pinta de *aizkolari* con patillas que asusta, y estaba

Weng Fei, un chino primo del socio de mi padre, que está para un roto y un descosido; igual baila que canta que da palmas. Mi padre llama a Weng Fei «el becario» porque es el único que no cobra; está en prácticas y su idea es estar unos meses aprendiendo para luego volver a Shanghái a montar una academia flamenca para chinos. Este arte está en absoluta expansión en todo el mundo. Pues eso, yo era la sexta del cuadro y comenté lo de la mamografía y todos se ofrecieron, hasta Weng Fei, que no habla ni jota de inglés ni español, levantó la mano; está de un *entregao* el muchacho, y eso que el pobre es becario.

Conducía mi padre su viejo Oldsmobile 442. El interior del viejo vehículo era una suma de recuerdos: un rosario colgado del espejo retrovisor, un toro de lidia pegado en el salpicadero, dos estampas de la Señora del Rosario, la patrona de Cádiz, incrustadas en las rejillas de ventilación, la foto de mi madre en un portarretratos dorado y otra foto en la que yo estaba con Encarna. Compartiendo espacio en el salpicadero con el torito de plástico estaba el sobre que habíamos encontrado oculto en la caja con los recuerdos de mi madre.

Primero pasaríamos a por los resultados de la mamografía; después del hospital íbamos a hacer una visita al cuartel de El Segundo. Era allí donde estaba destinada mi madre cuando murió atropellada. Yo quería hacer unas cuantas preguntas respecto a las fotos y el contenido del sobre oculto. Sabíamos que había pasado muchísimo tiempo de aquello, toda una vida, pero no nos íbamos a quedar con la curiosidad y la duda acerca del documento que encontramos escondido con aquellas dos fotos.

El *jaleo* es un palo antiguo, muy gitano, anterior a la *soleá*, la *cantiña* y la *bulería*; y que la Paquera de Jerez cuando lo cantaba gritaba aquello de: «¡Viva Egipto!», que la reivindicación egipcia es muy gitana. Fue en 1930 cuando el poeta más grande de la lengua castellana, Federico García Lorca, acompañando al piano a Encarnación López, La Argentinita, grabó la canción *Anda jaleo*.

> *En la calle de los Muros*
> *mataron a una paloma,*
> *they killed a pigeon.*
> *Yo cortaré con mis manos*
> *las flores de su corona.*
> *Anda jaleo, jaleo*
> *ya se acabó el alboroto*
> *and now the shooting begins,*
> *y ahora empieza el tiroteo.*

Fue entrar en el hospital y verlo. Luck estaba abrazado a otra mujer. Se me puso el cuerpo al revés, que casi me desmayo si no me sujeta mi padre, que esto no me lo esperaba. Él me vio y me saludó levantando la mano como si nada y con una sonrisa triste. Entonces vi la cara de la mujer; tendría sobre los setenta y unas ojeras pronunciadas, iba vestida muy elegante.

–*What a surprise, Lola! I didn't expect to see you here* –dijo Luck acercándose.

–*Me neither* –yo estaba desconcertada.

–*Come, I want you to meet my mother... Jenny, Lola Ramos.*

Le estreché la mano a la mujer.

–*Luck told me about you* –dijo la madre de Luck con cortesía pero distante.

–*I'd like you to meet my father, Macareno* –respondí y señalé a mi acompañante, que estaba a mi espalda.

–*Nice to meet you.*

La mujer le ofreció la mano y mi padre se inclinó tanto que parecía que estaba en el besamanos de la reina de Inglaterra, y dijo:

–*This is my pleasure.*

Ella le miró sorprendida ante tal despliegue cortés.

–*What are you doing here?* –preguntó Luck.

–*Nothing important, that she's in fear and we've come for Lola's mammogram* –se lanzó mi padre y le metí un codazo en el esternón.

–Papá, no hace falta ser tan específico –siempre me sacaba de quicio cuando se iba de la lengua, que estas cosas son muy íntimas para decírselas a un novio recién estrenado, que se va a creer que vengo con una tara de fábrica–. *What about you?*

–*My husband is hospitalized* –Jenny contestó cortante, como si lo debiera saber el mundo.

–*I am sorry.*

–*He's in surgery now.* –Luck T. Laurence asintió con resignación.

—I hope everything goes well. —Me acerqué y le di un beso en la mejilla.

—Lola, tenemos que subir que si no perdemos el turno en la cola del marisco.

Nos despedimos; me sentí fatal por el ataque de celos repentino que me había entrado cuando les vi abrazados, que entré en la consulta sin pensar en lo de las mamografías. Así es el ser humano; nuestro cerebro sustituye problemas con facilidad pero siempre necesita tener uno para darle vueltas. Pobre hombre el padre de Luck; a él operándole a vida o muerte y yo una semana preocupada por unas pruebas.

Fue sentarnos en la consulta y la doctora, una mujer de unos sesenta años, afroamericana y generosa en volúmenes:

—I see you've been accompanied by your husband.

—He's my father.

—Thanks for the compliment, lady. Would you like to have dinner with me tonight? I invite you to the tablao. —Mi padre atacando.

—I'm a married woman.

—Don't worry, I'm not jealous.

—And I have children.

—That we're ahead in our relationship.

Ella empezó a reírse, que más que una consulta parecía una *stand comedy*; tuve que intervenir para parar las risas.

—Well, how am I? How did the tests go?

Ella miró el expediente mientras mi padre le decía:

—I have a friend whose wife left; he was desperate, and you know what he did? He went with them.

La mujer que se parecía a Oprah Winfrey no paraba de reírse, y me estaba poniendo de los nervios. Lo llego a saber y no me traigo a mi padre a mi ginecóloga. Me miró y me vio tan malhumorada que dijo:

—*Afú*, la doctora está *aconchabada* con nosotros; que me la estoy camelando para que nos dé un buen pronóstico para ti, verás.

La doctora seguía mirando el expediente y riendo y yo no me aguanté y le pregunté secamente:

—Is everything fine?

—Yes, of course.

—Lo ves, te lo dije —apostilló Macareno.

Ella me entregó la carpeta y vi eso que era como una montañera pero señalando al oeste, amarillo, verdes, azules y blancos. Me entró un enfado...; con lo traspuesta que llevo toda la semana, venir aquí, muerta de miedo para que te despachen con un «por supuesto»... Solo eso, por supuesto, que se podía haber esmerado un poco y haber dicho: «A la vista de los resultados tiene usted unas mamas estupendas y en perfecto estado de salud; váyase tranquila y no vuelva aquí en su vida». Eso es lo que una quiere escuchar y no un «por supuesto».

Mi padre se quedó mirando la mamografía de la carpeta:

—Qué curioso, debo ser un daltónico de esos; como mi primo Diego, «el Ajogailla», que sonreía más que un niño indio en una foto de apadrinamiento. Que yo lo veo todo color carne y aquí te lo sacan a colores; *paece* arte moderno, que le pones un marco y te adorna la cocina.

Cuando nos fuimos, la doctora seguía riéndose. Volvimos a ver a Luck y a Jenny. A mí me dio mucha ternura verle tan entregado a su madre. Se acercó, me dio un beso y me dijo:

—*Halloween is coming.*

—*Oh, yes* —respondí con dudas.

Con tanto follón se me había pasado completamente la fecha de los disfraces; se acercó al oído y me susurró:

—*Depending on how my father is doing, I could see you tonight.*

Cuando salíamos del hospital llegaba a la puerta un coche del Ejército y salía un hombre uniformado con muchos galones y la gorra puesta. Imponía.

Fuimos al cuartel de El Segundo; en la garita de seguridad, un soldado nos indicó el edificio central de oficinas. Aparcamos en la puerta, no había mucha gente.

—Deben estar *tos* en la guerra —dijo mi padre.

Nos recibió una sargento mayor uniformada, rubia amarillenta y muy dispuesta a la causa patria; que la mujer, según pasaban los minutos, se me parecía más al presidente Trump en la manera de hablar. Le contamos por encima quiénes éramos y qué habíamos encontrado. Dejamos el sobre cerrado; no era cuestión de enseñar todas las cartas en el primer envite. Nos dijo que treinta años era mucho tiempo, que hiciéramos un escrito, que se lo pasaría al capitán. Era una manera de quitarnos amablemente de en medio. Entonces usé la frase que ningún uniformado del Ejército americano quería escuchar:

—*We're talking about a corruption case interesting to the press.*

La sargento mayor que se parecía a Trump se quedó inmóvil, tomó un teléfono y se giró para que no la pudiéramos escuchar cuando hablaba.

—Creo que ahí le has *dao*; se ha *jiñao* la rubia —dijo mi padre.

Nos ofreció que tomáramos asiento hasta ser atendidos. Nos sentamos.

—Lo cierto es que esa cara me recuerda a alguien de la familia, del Puerto de Santa María, o de Rota, no sé —afirmó Macareno mirando a la mujer uniformada que nos acababa de atender.

Llegó el capitán Suárez, cincuentón sin complejo cervecero, en traje de faena; que yo me dije que un vestido de flamenca con esos colores de camuflaje daría el pego en Halloween.

—*Captain Suárez, to serve you and to serve America.*

Nos hizo pasar a su pequeño despacho; retrato de la esposa sobre la mesa y uno del presidente en la pared. Le contamos la historia y le mostramos las fotos del hombre junto al camión tomadas por un teleobjetivo. El hombre reconoció al militar de las fotos.

—*It's General Travis, when he was younger.*

—*General Travis?*

—*Keep him in your prayers.*

Nos contó que el general, al que él sirvió muchos años, fue hasta que se retiró el responsable de suministros de la Army de la costa oeste, un pez muy gordo.

—You have also mentioned a corruption case.

Saqué la otra foto en la que estaban Travis y el hombre de pelo gris y los dos folios firmados por el entonces capitán. Le cambió la cara. Había visto algo que no le gustaba. Nos dijo, disimulando la importancia de las pruebas que tenía en la mano, que eran un listado de material y una foto con alguien que desconocía. Estaba mintiendo.

—Nothing important.

Arrojó las fotos sobre la mesa con gesto de menosprecio. Yo las tomé y las guardé en el sobre. El capitán Suárez entonces lanzó su mano y agarró el sobre intentando retenerlo.

—We'd like to keep them.

—And us as a souvenir, too.

Tiré con más fuerza y me lo llevé. Nos despedimos y nos fuimos. Habíamos descubierto algo importante, aunque no sabíamos qué era. Cuando nos íbamos, observamos que la sargento mayor que se parecía a Trump apuntaba en una libreta el número de matrícula del auto de mi padre.

—Joé, Lola, qué bien has *aguantao* el chaparrón, que el *uniformao* estaba dispuesto a aguarnos la fiesta agarrando el envoltorio de los cojones; estaba más tenso que el chino becario, ese Bruce Lee que tenemos; cuando sale a bailar por bulerías que *paice* un buitre haciendo *kun-fu,* el hijoputa del chino. Qué te voy a

decí; que tu familia por parte de tu abuela materna, que eran medio *escosíos*, de la *Escosia* misma, me dijo tu madre que eran más *agarraos*; que arribaban la *carná* para casarse y huían para no pagar el convite; que me imagino a *tos* los invitados cogiendo un *seguío* después de ponerse púas, corriendo como locos y gritando: «tonto el último»; que los camareros que se lo sabían iban con *arpargatas* para correr más y siempre pillaban al que iba con la *majá* más gorda. Que además tu madre me decía que los hombres iban con falda a cuadros, *pa* verlo, digo.

Mi padre siempre se salía por *peteneras*.

Yo ya tenía una nueva obsesión en la cabeza.

Luck vino a visitarme, me dijo que esa noche no tenía que quedarse de guardia porque estaba con él un tal Don, un amigo de la familia.

¡Qué *jaleo*!

No salgas paloma al campo,
mira que soy cazador.
Look, I'm a hunter.
Y si te tiro y te mato
para mí será el dolor,
para mí será el quebranto.
Anda jaleo, jaleo.
The fuss is over.
y ahora empieza el tiroteo,
y ahora empieza el tiroteo.

IX. CANTIÑAS

Con las bombas que tiran los fanfarrones
se hacen las gaditanas tirabuzones,
tirabuzones, mare, tirabuzones.
With the bombs that drop the blushes.

oy es Halloween. En todos lados hay gente disfrazada. Estaba Encarna como loca, se había vestido de dinosaurio; que yo no le veo la gracia a lo de disfrazarse de dinosaurio, con lo guapa que está de flamenca la niña, pero ella estaba feliz. Su amiga la Lianna también iba de dinosaurio. Luck había sido el responsable del parque jurásico. Él las había llevado a una tienda de disfraces y las dos se habían puesto de acuerdo. Por ahí se habían ido con un grupo chiquillos del *preschool* de Manhattan Beach, con un hatajo de madres guardaespaldas acompañándolos; que hay alguno que se vuelve loco con el subidón de azúcar a la hora del *«trick or treat»* y arremete a golpes para conseguir alguna chuchería de más. Incivilizados, se empachan de tanta golosina. Luck estaba en el hospital; parecía que su padre se encontraba mejor. Me alegré por él.

Quedé con Amparo Patiño antes de la clase. Se había acercado con su marido, Bill, el de Dakota del Norte, capitán de navío en la reserva. Él, enjuto, con esos coloretes que tiene de haber pasado tanto frío en su pueblo; ella, más entrada en carnes de tanta empanada gallega comida en el pasado. Tenía que pagarle la semana de trabajo. Entraron al despachito donde tenía preparado el recibo para su firma y un cheque para que lo ingresara en su cuenta. Tenía encima de la mesa el sobre de mi madre que había estado mirando con detalle, las fotos y las hojas. Ahí estaba la foto del entonces capitán Travis y del hombre de pelo gris. Bill se quedó mirándola mientras Amparo firmaba y dijo, en su castellano con acento gallego y americano, un extraterrestre vamos:

—Ese es un hombre muy *peligrosiño*.

Le entregué la foto para que la observara con detenimiento.

—¿Conoces al general Travis? —le pregunté desconcertada por su afirmación.

—No, al que conozco es al otro.

No entendí nada, que creí que el de Dakota se me había hecho gallego de tanto tener a Amparo a su lado. Me mostró la fotografía y señaló con el dedo al hombre de pelo gris.

—Este de aquí es Doménico Allieri, el famoso capo del estraperlo militar; debe seguir en la cárcel. —Se rascó la cabeza—. ¿No recordáis el caso de «*yellow submarine*»? —Amparo y yo negamos a la vez; no nos sonaba de nada—. Fue hace veinte años por lo menos cuando lo juzgaron junto a un *grupiño* de militares corruptos que afanaban al Ejército. Fue portada de todos los noticiarios, un follón del carallo. En el banquillo habría como veinte oficiales de rango. Muchos fueron condenados a penas de prisión, alguno libróse por faltas de pruebas, los menos. Recuerdo que cuando agarraron a Doménico y a sus compinches llevaban robando más de diez años. Pero, y dime riquiña, ¿cómo tienes esta foto antigua?

Le conté a Bill cómo habíamos encontrado el sobre y nuestra visita al cuartel de El Segundo.

–Ten mucho cuidado, chavala, malo será; aunque han pasado treinta años, este tipo sigue teniendo un poder del «carallo». Muchos dicen que «*yellow submarine*», esa *trapallada*, sigue en funcionamiento, igual que las meigas en *sua miña terra*, que haberlas *haylas*.

Definitivamente el de Dakota había perdido el norte.

Cuando se fueron encendí el ordenador y miré en Internet; cuando puse Doménico, Travis y «*yellow submarine*» apareció todo. El comandante Luke Travis había sido sospechoso en la trama de estraperlo que dirigía Doménico Ailleri; condenado a treinta años de cárcel. No hubo pruebas contra él y siguió en el Ejército recibiendo honores después de haber descubierto y delatado a infinidad de oficiales corruptos, un héroe.

Quizá si estas fotografías hubieran llegado a su destino de justicia antes nuestras vidas habrían cambiado. Mi madre estaría viva y ese tipo se encontraría en una cárcel militar cumpliendo condena. Lo que recuerdo cada vez con más nitidez es al hombre del vehículo que la atropelló, como si aquella imagen nunca hubiera abandonado mi memoria y poco a poco se fuera enfocando.

Iba a comenzar la clase. Hoy venía mi padre a poner la música en directo. Mientras se acomodaba y sacaba la guitarra de su funda le conté todo lo que había averiguado.

—¡*Dio* vieja! *Acomosí* que a mi gitana con puntería la chocó con el auto uno de esos bulos uniformados. ¡Con lo lista que era tu *mare*! Seguro que lo descubrió *to*; que todos estos años hemos estado *acarajotaos*. *Contrimás* miro al nota de la *afoto* más creo que mi mujer no tuvo un accidente, que fue un *asesinamiento* para que no se fuera del pico. Que el Travis ese de los cojones y el Doménico Moduño *encarcelao* montaron un *compló* mejor que el de los rusos para apoyar a Trump.

Llegó Carmen con sus dos chihuahuas, Anakin y Darveider, que iban los tres a juego con sus cazadoras vaqueras. Se cambiaba Carmen poniéndose su falda negra larga cuando aparecieron Doris y Arnie. Macareno afinaba e improvisaba los primeros acordes caldeando el ambiente.

Las *cantiñas* tienen su origen en Cádiz, un compás de doce tiempos que no es un palo flamenco; es un árbol entero de lo *jondo* que es. Es como una *soleá* pero en tono mayor, para que lo entiendas. Hay tantas *cantiñas* como intérpretes, mil estilos; las tienes por *alegrías*, *caracoles* o *romeras*.

Sonaba la guitarra y mi padre cantaba. Nos arrancamos. Mucho golpe seco con los tacones, mucho desplante.

They call my attention.
Tres cosillas tiene mi Cái,
a mí me llaman la atención
La Viña, el Mentidero
y la Plaza San Juan de Dios.

Estábamos todas frente al espejo, Arnie incluido. Tres pasos derecha, un paso al frente; vuelta; mano caracoleando de arriba abajo y cara alta; y otra vez.

En un giro observé por el espejo que Anakín enseñaba los dientecitos con cara de mala leche y miraba fijamente a la puerta de la academia. Había gente en la entrada. Eran un grupo que iban vestidos de oscuro y encapuchados; que si mi padre los hubiera visto diría que los americanos confundimos siempre los carnavales y la Semana Santa. Me dije, «alguno que no se ha enterado de que estamos en medio de una clase de baile y vienen a pedir chucherías». Yo seguí sin pararme.

Los encapuchados entraron bruscamente a pedir el aguinaldo; que aquí les gusta lo de ir asustando a la gente.

Cuando salgo de Cái me llevo sal
pa' donde no la hay yo regalar.
Yo regalar, prima, I give away,
when I leave Cádiz, I take salt.

—Nobody moves!

Nos estaban apuntando. Eran tres, dos con pistolas y el otro con una escopeta de cañón corto de perdigones.

Paramos la clase; todas las alumnas estaban sobrecogidas por el impacto. Mi padre, que estaba sentado junto a la puerta, se adornó con un cierre. Se escuchó algún grito y un encapuchado repitió que no nos moviéramos. Las alumnas estaban realmente asustadas al ver a aquellos padres sin hijos, vestidos de negro, armados, apuntando, sin decir lo de truco o trato y, lo peor, sin exigir golosinas. Darveider estaba a punto de saltar del cochecito para encararse con los *disfrazaos* y Carmen lo sujetó, que si no el canijo se lanza a devorar a los asaltantes. Los chihuahuas son perros sin complejos que no saben que son pequeños.

Arnie iba a dar un paso al frente y yo lo detuve agarrándole el brazo también:

–*Stay calm.*

Uno de los armados se metió por la puerta que daba al despacho y a los baños; iban buscando algo específico.

Macareno se había levantado con la guitarra. Estaba junto a la única mujer que iba enmascarada; se le notaba en las formas y era la que apuntaba con la escopeta al grupo. La reconocí; era la sargento mayor que se parecía a Trump y que habíamos visto en el cuartel de El Segundo; le asomaba un mechón amarillo por el hueco de un ojo, un tinte que solo usaban ella y el presidente del país.

—Deben ser costaleros *cabreaos* de la cofradía del Cristo de los terremotos buscando la figura que se les ha *escapao* a hacer *windsurf* —dijo mi padre, y la mujer lo encañonó aunque no entendía lo que había dicho el gaditano—. Son muy devotos aquí.

—Cállate, papá.

Que mi padre hablando puede desquiciar a cualquiera, como Julia Entrepinos.

El hombre con el pasamontañas negro regresó con el sobre en la mano y se dirigió a la puerta.

Y fue en ese instante, ahí, que se montó la marimorena.

Darveider y Anakín salieron disparados a morder a los de negro como dos fieras salvajes. Los encapuchados que vieron venir a aquellos bichitos agresivos y no sabían qué hacer, si salir corriendo o comenzar a disparar al suelo. Arnie agarró a uno de los atacantes del brazo; el hombre de negro sostenía una pistola y yo le metí una patada con mucha fuerza en los *huitos* y se dobló de rodillas; soltó el arma. Arnie, ex policía, la tomó con destreza. Mi padre aprovechó el momento cuando la sargento mayor apuntaba a donde estábamos desarmando a su compinche para descargar su guitarra, destrozándola, sobre la cabeza de la mujer enmascarada, que apretó el gatillo y disparó sin querer contra el pecho de su compañero arrodillado.

El encapuchado huía con el sobre y Arnie salió corriendo tras él apuntándolo con el arma. Yo me lancé saltando sobre la sargento mayor tumbada boca abajo, como en un combate de lucha libre, golpeando mi codo contra su espalda. La dejé sin aire, las dos tiradas sobre las tablas de la clase. Mi padre arrojó lo que quedaba de su instrumento de cuerda, agarró del suelo la escopeta de cañón corto y apuntó a la mujer inconsciente, mientras yo me incorporaba.

Las alumnas llamaban a la Policía y se hacían *selfies* con los de negro que estaban en el suelo entarimado de la academia, uf. Doris le quitó la capucha al hombre que había sido alcanzado por los perdigones de su acólita. Mientras tanto, Anakín le mordía un calcetín; el pobre bicho no daba para más. El hombre abrió los ojos y respiró hondo; estaba vivo. Doris se pegó un susto de muerte. El asaltante llevaba un chaleco antibalas puesto. Me acerqué y le di un puñetazo en la cara; Doris me lo agradeció.

Arnie regresó; el tipo que había robado el sobre había escapado. La verdad es que me dio lo mismo; sabía quién era, para quién trabajaba y dónde encontrarlo. Le quité el pasamontañas a la mujer, que luchaba por recuperar el aliento; salió al descubierto la cabellera amarillenta de la sargento mayor. Darveider le mordía solo la puntita del zapato oscuro pero lo hacía con mucha rabia.

—¡Quilla, que nos hemos cargado a *Donal Tran*! —gritó Macareno mirando a la mujer en el suelo.

La verdad es que aquella sargento mayor era igualita al presidente americano.

Las alumnas, ya pasado el susto, hacían cola para fotografiarse con la militar fuera de servicio, que se había sentado en una silla mientras Arnie la apuntaba.

Cuando llegó la Policía aquello más que un robo a mano armada a una academia de baile flamenco parecía un cachondeo a costa del parecido de la asaltante con el mandatario republicano; que la pobre estaba deseando irse detenida de una vez y que dejaran de hacerle fotos aquellas mujeres vestidas con faldas negras.

–Lo dicho: en la Casa Blanca no le pagan lo suficiente; están caninos, y el hombre, *achuchao* por la Melania, *pa llegá* a fin de mes viene hasta aquí a birlar en la escuela de flamenco de Los Ángeles. Por la gloria de mi *mare*, si estos *conchavaos* se presentan al concurso de chirigotas de *Cái* los descalifican como comparsa por *arrastraos*, *afú*, que hasta uno se ha *fugao* a *carajo sacao* antes de la función, *pa* verlo.

Era Halloween.

Cantiñear significa improvisar. Según las cartas que te dan al nacer te las tienes que ingeniar y jugar la partida de tu vida. Las *cantiñas* tienen ese aire de libertad, de no atenerse a normas, donde, como el flamenco sabe, no hay nada escrito y todo está por hacer.

–Otra vez te has quedado sin guitarra –le dije a mi padre cuando todo había pasado.

–*Acomosí*, que me estoy convirtiendo en un profesional del guitarrazo; estoy por escribir un tratado y dar conferencias sobre cómo golpear con una guitarra. Tiene su cosa; tienes que darle así, un efecto de canto y luego un poco de *camballá*. ¿Y tú por qué no le has dicho nada a la Policía de que nos afanaron el sobre con las pruebas del submarino amarillo ese?

—¿Para qué? Esas pruebas ya no sirven para nada; el crimen está prescrito. Sabemos quiénes son los culpables: el general Travis y algunos cómplices.

—¿Y dónde estará ese dichoso general Travis?

—Todavía no lo sé, pero si han venido hoy aquí estos no debe estar muy lejos.

Macareno tenía en su mano el mástil de la guitarra; lo apoyó en una silla y dijo, mientras se estaba yendo:

—Bueno, vamos a por la dinosauria Encarna.

—¡Eh!, no te vayas tan rápido tú y dame la recortada, que te has quedado por la patilla; que de eso tampoco hemos dicho ni mu a la *pasma*.

Macareno me miró con cara de niño travieso. Sacó la recortada que había ocultado detrás de un perchero en medio del follón cuando había llegado la Policía.

—Que conste que la he pillado porque la *Donal Trampa* esa me había roto primero la guitarra de un cabezazo. Una cosa por la otra, ea. —Mi padre me pasó la escopeta de asalto—. Tú sabrás qué haces con esto.

Sabía lo que tenía que hacer con ella. Devolverla.

> *Ay, aunque pongan en tu puerta*
> *cañones de artillería,*
> *tengo que pasar por ella*
> *even if it costs me the life.*
> *Cuando se entra por Cái por la bahía*
> *is the gateway to the paradise of joy.*
> *De la alegría, mare, de la alegría*
> *when you enter in Cádiz through the bay.*

X. REMATE

Aunque te ocultes en el profundo mar,
o te escondas en las cumbres más altas.
Aunque te encierres en un juego de azar,
y te camufles tras galones en la batalla.
Aunque finjas no haberme visto al pasar,
o te embosques tras muros de acero.
Aunque te guardes de la luz del cielo
y te sepulten cuando ya muera el miedo,
I'll find you, general Travis.
Aunque tengas el perdón de un dios
o no te dejen pasar ni los dueños del infierno.
I'll find you for revenge, general Travis.
That mother there is only one
and I found you on the street.

Hoy es 1 de noviembre, día de muertos; es la celebración tradicional mexicana de homenaje y recuerdo, como lo son el Día de Difuntos o el de Todos los Santos, pero adornado con calaveras, altares y ofrendas.

Nosotros en casa tenemos la costumbre cada año de poner el retrato de mi madre, Tarissa Ramos, vestida de uniforme sobre la repisa del salón. Le ponemos una sábana en forma de templete, lo llenamos de flores y Encarna le hace unos dibujos preciosos que colgamos con alfileres en la tela. Es un tributo que le hacemos en casa desde que murió; ahora sé que la asesinaron.

Encarna y Lianna estaban jugando con un rompecabezas y dándole a la lengua; hablaban de sus familias, lo típico de: «mi padre era del FBI», o «mi abuelo estuvo en la guerra», que replicaba la otra.

Me estaba maquillando frente al espejo. Me había enfundado mi nuevo traje de faralaes, de estreno, para la función de esa noche en el Flame & Co. El socio chino de mi padre, Xin Lee, había decorado el tablao tipo mexicano, con mucha calavera. El vestido de volantes que llevaba puesto me lo había diseñado con tela de traje de camuflaje verde, cuatro tonos. Si bailo tras un arbusto no me ves; puro ocultamiento, espectacular, muy militar. Como te decía, me estaba pintando la cara de catrina. Es como la cara de un esqueleto adornado de colores. Te pintas de blanco dejando dos grandes círculos negros alrededor de los ojos y luego le pones imaginación con los labios, que parecen cosidos. Te queda cara de calavera pero favorece. En el pelo, una gran diadema cargada de claveles rojos. La verdad es que me miro al espejo e impongo mucho.

Esa tarde, para relajarnos, estuvimos viendo los vuelos a Madrid, de allí en AVE a Barcelona y de ahí en avión a Sevilla para continuar en tren normal a Cádiz. Mi padre tenía una ilusión enorme por ir a Barcelona; yo también. Que conste que llevo un montón de días dándole vueltas a si decírselo a Luck. Por un lado es un viaje muy de familia para conocer a todos en su tierra y si tengo que ir de traductora es más rollo; pero por otro sería estupendo tenerle cerca y además las niñas se entretienen solas. Seguro que su padre para entonces se ha recuperado y está en casa con Jenny, su mujer.

–*And my grandfather is a general* –dijo Lianna replicando mientras hablaba distraídamente con Encarna.

Estaba pasándome la barra de carmín sobre los labios; de repente en mi cabeza se unieron muchos pequeños detalles: las fotografías del joven capitán con un ligero parecido a Luck; el nombre Luke; la T del nombre de Luck, T. Laurence, que él siempre decía que era su nombre artístico; también estaba la llegada de aquel general al hospital, y una frase, que hasta ahora no había sabido interpretar, que había dicho el capitán Suárez cuando estuvimos en el cuartel de El Segundo: «ténganlo en sus oraciones».

–*Lianna, your grandfather who's sick is general Travis?*

–*Yes, he is* –contestó orgullosa la nieta del militar enfermo.

Se me cayó la barra de labios roja de la mano.

El *remate* es el cierre, la conclusión; el último compás de una guitarra, el desplante en un baile con mirada desafiante al infinito. Son los movimientos terminales; los que conectan en su complicidad al *tocaor* y a la *bailora* con ese cambio coreográfico y de acordes para cerrar la danza. El *remate* puede ser un zapateado, pero pueden ser otros pequeños detalles, imperceptibles para los espectadores.

Mi padre se arrancó con una *bulería* por *peteneras*, una mezcla de una melodía muy popular americana, «*The Big Rock Candy Montains*», y el ritmo flamenco. El tablao estaba abarrotado. Nuria y Amparo a las palmas, con las caras pintadas de catrinas también, Miguelito al cajón y Wang Fei, el becario chino, haciendo un poco de todo, *burto*, que dice Macareno. Y yo, pues destrozada por lo que acababa de pasar hacía un rato; menos mal que me había pintado la cara con la imagen de una muerta.

> *Una noche, cuando el sol se ocultó*
> *y el fuego de la selva ardía,*
> *por el sendero un vagabundo llegó*
> *y dijo: «chicos, yo ya no regresaría.*

Me voy a unas tierras que están lejos
detrás de fuentes cristalinas
vengan conmigo e iremos juntos
a the Big Rock Candy Mountains».

Eran las ocho de la tarde. Ya había llegado la *babysitter*, Lisa, para quedarse con las niñas cuando pasó a buscarme mi padre en su auto rojo, un Oldsmobile 442. Ellas se quedaron jugando. Yo no le pregunté a Lianna nada más sobre su abuelo el general. Estaba maquillada como una calavera, vestida con mi traje de flamenca de camuflaje, tenía puesta mi diadema florida a juego con el coche y llevaba en los hombros un mantón verde intenso con flecos. En la mano una bolsa con el arma de asalto dentro.

—Quilla, da *malaje* verte. Te pareces a mi abuela por parte de madre, La Quebrantá, que trabajaba en el matadero *munisipal* de El Puerto dando el matarile a los cochinos; que la llamaban así porque mataba de *lao*, levantaba la paletilla a los *bishos*; un espectáculo de maña que daba gloria verlo, que sus compañeros de curre la achuchaban con cada marrano, más que los goles en propia meta en el Ramón de Carranza.

—Antes de ir al tablao quería pasar un momento por el hospital. Es un minuto para saludar a Luck y ver cómo sigue su padre.

—Si te presentas de *asín* en un hospital dejas el sitio sin un cliente, Lola, que los entierras a *tos*; que se creen que ha llegado la encargada del Juicio Final; vamos, tú verás.

No contesté. Él notó que tras la máscara había algo raro, roto.

—Espérame aquí y no apagues el motor —dije mientras me quitaba el mantón—. Vengo ahora.

—*Ojú*, más que una visita a un enfermo parece el atraco a la sucursal de la Caja de Ahorros y Monte de Piedad de Cádiz.

Tenía razón mi padre; todos se me quedaban mirando con la pinta que llevaba. Muchos creían que me había confundido y seguía celebrando Halloween. Tomé el ascensor; al verme un hombre mayor se sacó la cadena con el crucifijo del cuello y besó al Cristo de plata antes de volverlo a guardar en su pecho. Sentí en mi mano el peso de la bolsa, el peso de la muerte.

> *In las Big Rock Candy Mountains,*
> *hay una tierra que es justa y brilla,*
> *y las limosnas crecen en los matojos*
> *y duermes bien por las noches.*
> *En ese lugar los vagones están vacíos*
> *y el sol brilla todos los días*
> *sobre los pájaros y las abejas*
> *y los árboles tienen cigarrillos*
> *la limonada mana*
> *donde el pájaro azul canta,*
> *son las Big Rock Candy Mountains.*

Los pasos sonaban intensos en aquel largo pasillo de suelo de linóleo; mis zapatos de baile le imprimían carácter al sonido trepidante que se amplificaba golpeando, el eco, contra las paredes blancas. Alguna enfermera y auxiliar se me quedaba mirando con sonrisa creyendo que iba a entregar un paquete, un mensaje; aquí en California son muy aficionados a las tarjetas animadas; son muchos los actores que malviven buscando una oportunidad en esto del cine y esa es una manera de seguir practicando. No se equivocaban quienes pensaban que iba a entregar algo. Continué hasta el fondo con mi caminar decidido.

Ahí estaba, cerca de la puerta, vigilante. El capitán Suárez, que me vio venir sin moverse de la silla, intrigado ante aquel fantasma que se acercaba vestido con la peculiar adaptación de un traje de campaña militar con una bolsa en la mano. El hombre que ayer había entrado armado y escondido bajo un pasamontañas en mi academia para robar las pruebas que incriminaban a su jefe ahora estaba quieto, expectante. No sabía qué hacer y cuando lo supo yo ya estaba muy cerca. Dejé caer la bolsa pero sujeté el arma. El oficial, sorprendido por el ente extraño que tenía delante, seguía el movimiento del envoltorio, como hacen los magos para dejar el truco fuera del alcance de la vista de su público, como un remate. La bolsa reposaba vacía en el suelo con sus ojos y en mi mano apareció su contenido, el fusil corto con la culata de madera. La estrellé en el rostro del capitán de suministros del Ejército. Rápido y sin testigos. El oficial quedó inconsciente, tendido sobre la silla. Parecía que estaba descansando, profundamente dormido.

Entré en la habitación del general Travis. En la cama del hospital, un hombre afroamericano de unos sesenta y cinco años; el mismo que había visto treintañero en las fotografías que ocultaba mi madre. Estaba despierto, incorporado, conectado a un catéter que le suministraba suero y con un electrodo colocado en su pecho que lo conectaba con un monitor cardíaco que controlaba sus constantes vitales. Frente a él, en la estancia estaba sentada otra persona, un anciano.

Salí de la penumbra de la antesala y los dos hombres se quedaron sorprendidos al ver el espectro que era yo; lo digo por el maquillaje y también porque llevaba una escopeta en la mano. Había interrumpido su conversación con mi entrada sin anunciar. La muerte es lo que tiene, que no avisa a nadie.

–*Where's Luck?* –le pregunté al viejo desconcertado que estaba postrado en la cama.

–*He's with his mother eating something in the cafeteria* –contestó el tipo de la silla.

El general tenía su mirada en la puerta a mi espalda; esperaba la entrada del capitán Suárez. El oficial debería estar de guardia fuera para impedir las visitas inoportunas como la de una mujer con vestido de camuflaje de flamenca con la cara pintada y armada con una escopeta de cañón corto, por ejemplo.

–*Captain Suárez is taking a nap.*

El anciano de pelo blanco sonrió con ironía.

Lo reconocí; era el hombre de pelo gris que compartía foto con el capitán, y al que Bill, el marido de Amparo, había reconocido como Doménico Allieri, el estraperlista de la operación submarino amarillo.

–*Who are you?* –dijo el general con voz cansada.

—I'm Lola, Tarissa Ramos' daughter. I was with my mother when you killed her.

El general levantó la cabeza y guiñó los ojos; aquel era un recuerdo perdido, algo que ni recordaba, una insignificancia, un obstáculo que se había quitado de en medio para seguir con su brillante carrera militar. A mí me vino a la mente el día en que mi madre murió. Estaba delante del hombre que iba en aquel vehículo que se dio a la fuga después de atropellarla en el cruce de Wilshire con la Tercera.

Me acerqué a la cama y miré de cerca al padre de Luck, al asesino de mi madre, a los ojos.

Doménico intentó incorporarse aprovechando ese instante; yo le tomé prestada la almohada al general. La usé para amortiguar el disparo.

¡Bang!

Le descerrajé un tiro en el pecho que le dejó sentado y su sangre esparcida sobre las paredes de la habitación. Es lo que tiene el uso de cartuchos, que son muy sucios en espacios cerrados.

La habitación quedó sumida en una extraña atmósfera, como un polvo blanco; parecía que nevaba en la habitación, que se había convertido en un *snow dome*. De repente hacía mucho frío.

El general Travis me miró asustado; coloqué la almohada agujereada sobre su rostro y la mantuve con fuerza, sin piedad. El militar corrupto se asfixiaba entre espasmos y convulsiones; igual que el recuerdo que tenía de la muerte de mi madre treinta años atrás. Cuando dejó de moverse, el electrocardiograma era una línea plana, un sonido agudo que dominaba el ambiente helador. Le retiré de la cara el arma del crimen. Tenía los ojos abiertos y la boca se le había quedado más cerrada que la puerta de un submarino. Me acordé de que cuando era pequeña mi padre me cantaba aflamencada la versión española de *Submarino Amarillo* de los Beatles, que interpretaban los Mustang.

> *Conocí a un capitán*
> *que en su juventud*
> *vivió en el mar.*
> *Y su hogar fue la inmersión*
> *y amarillo, muy bien pintó.*
> *Y partí con mi soñar*
> *sumergido fui por verde mar.*
> *Y el color de mi soñar*
> *amarillo es, verde mar.*
> *Amarillo, el submarino es*
> *amarillo es, amarillo es.*
> *Amarillo, el submarino es.*

Este no había pintado nada de amarillo, y menos un submarino. Cogí el arma de asalto y se la coloqué entre las manos al militar haciendo que sus huellas quedaran impresas en toda la escopeta apuntando al hombre que estaba sentado muerto por el disparo de perdigones.

Salí de la habitación y dejé a los dos viejos compinches que parecía que habían solucionado sus desavenencias después de tantos años de amistad. Las enfermeras que entraban en la habitación miraban el espectáculo entre gritos. Mientras, el ángel de la muerte se iba por el pasillo.

Por el fondo de la galería venían andando madre e hijo, Jenny Travis y Luck T, de Travis, Laurence. Recogí la bolsa del suelo; el capitán Suárez seguía inconsciente. Luck parecía no reconocerme; normal con toda la pintura que tenía encima. Caminábamos unos contra otros. A mi espalda los doctores y las enfermeras seguían entrando y saliendo en medio de un gran revuelo de la habitación del general.

Yo estaba dispuesta a cruzarme con ellos y no abrir la boca.

—*So, you are Tarissa Ramos´ daughter, the snitch; what coincidences does life have* —dijo la mujer del general con una frialdad pasmosa.

Esa mujer estaba metida en todo desde el minuto uno; había llamado a mi madre soplona. Ella era parte del juego y sabía perfectamente todo lo que había pasado. La miré desafiante y respondí:

—*Uncle Don and the General have had some disagreements.*

Luck nos escuchaba desconcertado y en silencio. Ya se sabe, cuando dos mujeres se están apuñalando no te metas en medio.

Ella abrió el bolso; ahí estaba el sobre que me habían robado el día anterior, cuchillada trapera. Yo, en respuesta, saqué de un costado el móvil que siempre llevo conmigo. Le mostré las fotografías que yo también tenía, las pruebas:

–*You choose: he can die as a hero or as a corrupt.*
–Ese era mi remate.

Luck bajó la cabeza como un manso y ella me miró con desprecio tomando una decisión. La mujer del general Travis siguió andando en dirección a la habitación donde estaba el cuerpo de su esposo. No quería que esas fotos salieran a la luz; había decidido que su marido fuera recordado como un valiente disparando con su último aliento a un criminal. Él, mi novio, se quedó quieto, inmóvil, mirando al linóleo del suelo. No era un buen momento para comentar lo del viaje a España. Yo me fui con la cabeza muy alta; seguramente no lo volvería a ver más. Habíamos cortado.

Cuando me metía en el coche, la Policía llegaba a la puerta del hospital; yo traía la bolsa vacía.

–¿Ya la has devuelto? –preguntó Macareno.

Los padres son más listos que los ratones *coloraos*. Y añadió:

–*Afú*, seguro que al verte así los has *dejao* muertos.

Nos fuimos al tablao de Long Beach.

In las Big Rock Candy Mountains,
los policías tienen patas de madera
y los bulldogs dientes de goma
y las gallinas ponen huevos cocidos,
los árboles están llenos de frutos
en las Big Rock Candy Mountains.

Cuando terminó el baile levanté la cabeza y miré al fondo de la sala. Ahí estaba Julia Entrepinos, de pie, aplaudiendo el espectáculo; se lo estaba pasando bomba. Me guiñó un ojo y giró los dos pulgares para arriba. Me hizo ilusión verla, que yo estaba con un disgusto muy grande; me había quedado sin novio. Luego hablaríamos un rato, bueno, hablaría ella.

Tenía ganas de alejarme una temporada de Los Ángeles; estaba hasta el moño de eso.

Mi padre se llevó la mano al bolsillo y sacó una cadena de metal de la que colgaba un crucifijo en forma de llave y se quedó mirándola con curiosidad. Era el colgante que estaba en la carta que le había enviado su tía Obdulia comunicándole que era el heredero universal de su tío José *Lui*, «el Chungo», ahora finado. Se puso la medalla al cuello, que quedó oculta entre su pecho *amojamao* y la camisa negra que llevaba puesta.

Ya nos habían llegado los billetes para España. Tenía unas ganas que me moría por conocer la tierra de mi padre. Seguro que es un lugar plácido y tranquilo, de igualdad, donde se respeta a las mujeres. Ya te contaré.

9 788418 263316